Karl-Heinz Knacksterdt

Im schwarzen Kokon

Karl-Heinz Knacksterdt

Im schwarzen Kokon

Roman

Bibliografische Information der Deutschen
Nationalbibliothek
Die Deutsche Nationalbibliothek verzeichnet diese
Publikation in der Deutschen Nationalbibliografie;
detaillierte bibliografische Daten sind im Internet
über http://dnb.d-nb.de abrufbar

Herstellung und Verlag:

BoD Books on Demand, Norderstedt

ISBN 978-3-744-88250-7

Auflage 1

Inhaltsverzeichnis

Die Personen

Familie Schaf in Werterfehn
Berthold, 41, Familienvater, Patient
Beate (Bea), 36, geb. Fokken, seine Frau
Johanna, 10 Jahre, Tochter
Malte, 8 Jahre, Sohn

Eltern von Berthold aus Delmenhorst
Johanna (Hanne) und Konrad

Eltern von Beate aus Marienhafe
Eske und Tjark Fokken

Mitarbeiterinnen / Mitarbeiter am Klinikum Emsstadt
Prof. Dr. von Meier, Chefarzt
Dr. Mölders, Oberarzt der ITS
Schwester Carolin
Schwester Daniela
Schwester Agneta

Dr. Al-Wazir, Neurochirurg
Dr. Findorf, Radiologe

Prof. Ulrich Perley, Freund der Eheleute Schaf, Neurologe
Dr. Matthias Bremer, Wissenschaftler im Silikon Valley
Prof. Dr. Dr. O'Sullivan, Neurochirurg aus Phoenix/USA

Freunde und Kollegen

Kapitel 1

Freitag, 12. Mai
Werterfehn / Ems, Goethestraße14a
06:30 Uhr

„TüTüt"

„TüTüt"

„TüTüt"

„TüTütTütTütTütTütTüt"

Schlaftrunken schlage ich auf die Snooze-Taste des Weckers. Ruhe.
Dann: Ein Blick zur Seite. Tatsächlich: Es ist wirklich schon wieder sechsuhrdreißig.
Aufstehen, aber schnell, sonst ist das Bad wieder durch die Kinder blockiert!

Duschen. Zähneputzen. Rasieren.
Klopfen an der Tür des Bades, eine wütende Mädchenstimme: „Bist du bald fertig?"
„Ja, gleich!"
Das Klopfen wird durch ein vierhändiges Trommeln an der Tür ersetzt. Aha, denke ich. Mein Sohn spielt heute auch mit im Duo Infernale.
Ich räume das Bad, nicht ohne die vorwurfsvollen Blicke meiner beiden Kinder ...

Unten in der Küche höre ich Beate hantieren, sie deckt den Frühstückstisch für uns alle vier. Ich weiß gar nicht, wann sie aufgestanden ist. Irgendwie schafft sie es fast immer, aus unserem Schlafzimmer zu gehen, ohne mich zu wecken.

Ein Blick aus dem Fenster zeigt: Die Sonne steht schon

strahlend an einem leuchtend blauen Himmel. Eigentlich ein Tag zum genießen, aber der Urlaub ist noch längst nicht in Sicht.

Ich gehe aus dem Schlafzimmer hinunter in die Küche und gebe Beate eine dicken Guten-Morgen-Kuss, soviel Zeit muss sein.

Nur zehn Minuten später hat sich der Rest der Familie am Frühstückstisch versammelt.
Der Kaffee und die frischen Brötchen, die uns Freitags immer der Lieferservice unseres Lieblingsbäckers schon früh ins Haus bringt, duften um die Wette, und selbst unsere Kinder sind heute ausgesprochen lieb und artig – eine ganz tolle Atmosphäre herrscht an diesem Morgen bei Tisch.

Nicht das dies immer so wäre – wir haben auch schon stürmische Morgenstunden in der Familie erlebt. Aber wie gesagt: Heute ist alles sozusagen 'mustergültig'.

„Papa," fragt Malte, unser achtjähriger, „Papa, kannst Du mich heute Nachmittag vom Fußball abholen?"
„Das wird wohl gehen, wann ist dein Training denn zu ende?"
„So etwa um sechs."
„Dann klappt das, kannst dich auf mich verlassen."
Unsere „Große", Johanna, hat auch etwas auf dem Herzen:
„Mama, darf ich heute bei Anna schlafen? Morgen ist doch schulfrei!"
Beate sieht mich fragend an. Ich nicke.
„Na gut, ausnahmsweise! Schließlich ist heute ja Freitag."

Es ist halb acht, als Johanna und Malte mit ihren Rädern

zur Schule starten, die nur ungefähr fünfzehn Fahrrad-Minuten von unserer Wohnung entfernt ist.

Beate und ich räumen gemeinsam die Frühstücks-Utensilien beiseite, der Geschirrspüler wird bestückt, die am Vortag im Garten gepflückten Blumen zieren jetzt wieder den Küchentisch.

Eine halbe Stunde später ist dann auch für mich die Zeit gekommen, Richtung Arbeitsstelle zu starten; Beate muss erst um zehn ihren Job als Filialleiterin einer kleinen Schmuck-Boutique beginnen.

Bei diesem wunderbaren Wetter kann ich den Wagen in der Garage lassen, mit dem Rad so etwa 10 km bis zu meiner Arbeitsstelle sind ja leicht zu schaffen.

Luft in die Reifen pumpen, das bremst mich noch etwas in meinem Drang zum Radfahren, aber das ist ja nur eine kleine unerhebliche Verzögerung ...
Ich schwinge mich auf mein Rad und starte los. Noch ein Blick zurück zu Beate, die vor der Haustür steht und mir nachschaut.
Die Luft ist wunderbar, man riecht den baldigen Sommer schon fast.

Ach ja, verzeihen Sie mir, das ich uns noch nicht vorgestellt habe, das will ich aber jetzt noch schnell nachholen.

Also: Wir sind die Schafs (nicht die Schafe!). Sie lesen richtig: Familie Schaf. So heißen wir nun einmal, kann man nichts machen.
Manchmal ist der Name, vor allem für die Kinder, schon etwas nervig, wenn lustige Menschen beim Hören des Namens ein deutliches „Bäääh“ von sich geben. Aber damit

können wir inzwischen ganz gut leben!

Wir wohnen in dem kleinen Ort Werterfehn an der Ems, der etwa 4800 Einwohner hat. Eine Kirche, eine Schule, ein Arzt und ein Zahnarzt. Und ein Kindergarten direkt neben der Apotheke. Alles ist am Ort, was wir zum täglichen Leben so benötigen; ach nein, ein kleiner Supermarkt fehlt den Menschen hier, aber unsere Einkäufe kann ich immer sehr leicht bei meiner Arbeitsstelle erledigen.

Unsere Familie besteht aus Beate, meiner lieben Frau (sechsunddreißig Jahre jung), unseren Kindern Johanna (zehn) und Malte (acht Jahre) und mir, Berthold, einundvierzig.
Im Sommer, nach den großen Ferien, muss Johanna dann immer mit dem Schulbus in die Stadt fahren zur weiterführenden Schule; aber da haben wir ja noch ein paar Monate Zeit. Bis zu diesem Tag besuchen Malte und Johanna noch gemeinsam die Grundschule hier in Werterfehn.

Was ich beruflich mache? Ich bin Einkäufer in einem großen Einkaufszentrum im benachbarten Emsstadt. Sie sehen, dort kann ich leicht alle erforderlichen Einkäufe machen. Aber nur, wenn ich einen entsprechenden Spickzettel von Beate habe!

Der Job dort füllt mich aus und macht mir viel Freude, ich bin nach Meinung meiner Mitmenschen ein ziemlich kommunikativer Typ.
Unser Häuschen haben wir vor ungefähr neun Jahren gebaut, Malte wurde hier in diesem Haus geboren.
Inzwischen hat sich der nicht ganz kleine, aber trotzdem pflegeleichte Garten wunderbar entwickelt, er ist Beates ganzer Stolz. Gartenarbeit ist nicht so unbedingt meine Sache, dafür verbringe ich lieber einen Teil meiner Freizeit

in der kleinen Werkstatt im Keller unseres Hauses. Fahrrad-Reparaturen, kleine Möbel für Kinderzimmer oder Flur, Behälter für Pflanzen im Garten – alles Dinge, die mich in meiner Freizeit begeistern können. Und natürlich meine Familie!

Kapitel 2

Freitag, 12. Mai
Einfahrt zum „Profikauf-Einkaufszentrum"
08:35 Uhr

Ich höre, wie sich von weitem ein Rettungswagen nähert. Immer lauter wird das Martinshorn. Unmittelbar neben mir, so scheint es, stoppt er, und das Horn verstummt. Was ist denn passiert, ich habe nichts gesehen.

Gerade noch bin ich mit meinem Rad an der Einfahrt zur Warenannahme angekommen. Den schweren Lastwagen, der zur Laderampe abbiegen will, habe ich aus dem Augenwinkel wahrgenommen. Das Riesenfahrzeug, ein 32-Tonner, will wohl Ware bringen.
Hupen, das Quietschen der Bremsen des Lkw höre ich.
Ich verspüre einen Schlag an meiner linken Seite. Hoffentlich ist nichts passiert, vor allem mit meinem noch neuen Rad!
Und dann? Nichts. Einfach nichts! Ich werde Ärger bekommen, wenn ich zu spät im Büro ankomme! Dann wieder: NICHTS! NICHTS! NICHTS!

„Hallo, können Sie mich hören?"
Natürlich, ich bin ja schließlich nicht taub. Bisher konnte ich mich immer auf meine Ohren verlassen, und das soll auch so bleiben! Wieso ist es denn dunkel um mich herum, gerade schien doch noch die Sonne?
Wenn nur endlich jemand das Licht einschalten würde, damit ich sehen kann, wer mir da eine so dumme Frage gestellt hat.
„Ja, natürlich! Ich kann Sie hören!" will ich antworten, aber die Worte scheinen mir nicht so richtig über die Zunge zu

kommen!

„Hören Sie mich? Haben Sie Schmerzen?"

Ich habe keine Schmerzen, und ich höre sehr gut. Aber mein Gegenüber scheint kein Wort von mir zu verstehen, was kann denn nur mit ihm sein?

„Nicht ansprechbar!" sagt die Stimme zu jemandem, der bei ihm ist, „nicht ansprechbar! Hypovolämischer Schock!" „Können wir den Kopf etwas anders lagern?" „Ich helfe dir!" „Vorsichtig!" Eine zweite Person nimmt meinen Kopf ganz vorsichtig hoch und legt ein Kissen oder so etwas darunter.

„Sieh mal! Kann das eine Schädelfraktur sein?" „Oh, oh!" sagt der erste Mensch, „das sieht böse aus! Aber wir müssen zuerst die Wunde am Oberschenkel versorgen, damit er nicht noch mehr Blut verliert! Melanie, machst du das?"

„Ja, natürlich! Ich mache einen Druckverband, hoffentlich reicht das!" sagt eine neue Stimme, eine anscheinend noch junge Frau, wohl die angesprochene Melanie.

„Wenn die Blutung steht, einen Milliliter Noradenalin, damit er uns nicht wegbleibt!"

Erst widmet sie sich meinem linken Bein. Ich habe das Gefühl, dass sie das Hosenbein zerschnitten hat! So eine Unverschämtheit, die Hose ist fast neu und hat über einhundert Euro gekostet! „Finger weg von meinem Oberschenkel!" sage ich zu ihr. Keine Reaktion ihrerseits, sie macht einfach weiter. Anschließend hantiert sie an meinem linken Oberarm herum (sie hat doch nicht etwa meine Jacke aufgeschnitten?), scheint ihn zu bandagieren.

Das Atmen fällt mir ein wenig schwer, ich bin wohl vom Radfahren noch etwas erschöpft - ich hätte ja auch etwas langsamer fahren können, aber ich war so gut in Schwung.

Mir ist kalt.

„Wir müssen intubieren, er kriegt keine Luft mehr!" sagt die erste Stimme wieder. Dann schieben sie mir etwas

metallisches in den Hals, es würgt mich - warum nur kann ich nicht reagieren, mich wehren gegen all das, was mir gerade widerfährt? Irgendwie bin ich im falschen Film!
„Blutdruck sinkt! Druckmassage, er bleibt uns weg!"
Kräftige Hände malträtieren meinen Oberkörper. Will man mir die Rippen brechen? „Aufhören! Sofort aufhören!", denke, sage ich, schreie ich, aber niemand hört mir zu.
„Druck sinkt weiter!" sagt Melanie. „Defi aktivieren. Hände weg! Und los!" Der Mann hört auf, mich zu quälen, denke ich. Irrtum. Ein Stromstoß schüttelt mich regelrecht durch, ich scheine zu fliegen, jedenfalls für einen Augenblick.
„Druck sinkt weiter, vierzig zu zwanzig!" Wieder ein Stromstoß. Wieder fliege ich in die Luft. „Noch einmal, erhöhen!" sagt der Mann. Und wieder ein Flug.
„Druck kommt, sechzig zu vierzig. Achtzig zu fünfzig. Er ist wieder da!" sagt Melanie.
„Sofort in den RTW, und ab dafür!" Der Mann scheint es jetzt eilig zu haben.

Neben mir ist ein metallisches Geräusch zu hören. Kräftige Hände packen mich und legen mich auf ein weiches Polster. Ich werde festgeschnallt, Hände und Beine werden fixiert! Das will ich aber nicht, so im Dunkeln gefesselt werden, und versuche, mich zu wehren: Keine Chance!
„Licht an! Was ist hier los!" will ich sagen, rufen, hinausschreien. Immer noch ist finstere Nacht um mich herum. Kein Wort verlässt meinen Mund ...
Mit mir scheint es ein größeres Problem zu geben. Die Stimmen, die ich zuvor gehört habe, entfernen sich.
Ich werde hochgehoben mitsamt dem Polsterteil, auf dem ich liege, und in ein Fahrzeug geladen, das spüre ich genau. Der Rettungswagen, den ich vorhin gehört habe? Tatsächlich! Nachdem die Türen mit lautem Knall geschlossen wurden, fährt der Wagen los. Mit lautem Martinshorn, ein schreckliches Geräusch, mir schmerzen davon die Oh-

ren!
Das Atmen fällt mir immer schwerer. „Er bekommt keine Luft mehr!" „Beatmen!" Kalte Luft strömt mir in die Lungen. „Was sagt der Kreislauf?" „80 zu 50, Puls 220!"
„Der Fahrer soll sich beeilen, sonst bleibt er uns im Wagen!"
Können die denn nicht langsamer fahren? Von diesem Geschaukel kann einem ja schlecht werden, und dann will dieser Mensch noch schneller fahren?
Ich bin so entsetzlich müde, will nur noch schlafen. „Hallo, bleiben Sie bei uns!" Die Frau schlägt mir ins Gesicht. Meine Müdigkeit ist kaum noch zu unterdrücken. Wenn ich doch nur etwas sehen könnte, wenn es doch nur hell wäre - ich falle in eine tiefe Finsternis.

Kapitel 3

Freitag, 12. Mai
Klinikum Emsstadt
09:15 Uhr

„Ich bin Doktor Arser. Können Sie mich hören?" fragt die Stimme.
Wieder diese dumme Frage, sie scheint bei manchen Menschen zum Standard-Wortschatz zu gehören.
Natürlich kann ich Sie hören, sage ich ihr auch, will ich jedenfalls.
Meine Müdigkeit von vorhin hat sich gelegt, ich bin jetzt wieder hellwach!

„Was haben wir?" fragt die Frau weiter, Dr. Arser, wie ich jetzt weiß.
„Männlicher Patient, etwa 50 Jahre alt. Verkehrsunfall, nicht ansprechbar. Kreislauf wurde gestützt. Massive Fraktur, offen, mit schwerer Blutung des linken Oberschenkels, Fraktur linker Oberarm, Schürfwunden am Kopf beidseitig und an der linken Hand, eventuell auch Schädelbruch mit Schädel-Hirn-Trauma!"

„Medikation?" fragt die mir fremde Frauenstimme.
„Nur Noradenalin gegen den Schock, beatmet, reanimiert," sagt der Mann, „wir müssen dann wieder!"

Die Stimme kenne ich schon aus dem Rettungswagen, der Mann, wohl ein Rettungssanitäter, macht einen sehr kompetenten Eindruck auf mich.
„Sofort in den Schockraum, OP1 vorbereiten. Dr. Mölders soll kommen."

Wieder werde ich hochgehoben und auf eine andere Tra-

ge gepackt, wieder festgeschnallt.
Ich will das nicht, dieses festschnallen, bin doch kein Gefangener!

Ganz aus der Ferne höre ich eine Durchsage: „Doktor Mölders dringend zur Notaufnahme, Doktor Mölders bitte!" Mit ziemlicher Geschwindigkeit werde ich durch irgendwelche Gänge oder Flure geschoben. Die Räder meines 'Gefährtes' rattern über den anscheinend gefliesten Boden. Warum nur ist alles so dunkel? Ich möchte mich gern auf die Seite drehen, vielleicht ist dort eine Lampe.

Geht natürlich nicht, schließlich bin ich festgeschnallt. Die Fahrt durch die Gänge ist beendet, wieder werde ich auf eine andere Liege gehoben. Zumindest weiß ich jetzt durch den Bericht des Rettungssanitäters, was mit mir los ist. Ich hatte also einen Unfall! Mit dem großen Lkw in der Einfahrt? Dann wird mein Fahrrad wohl Schrott sein. Schade, hat zwölfhundert Euro gekostet, ob das meine Versicherung bezahlt? Sobald ich wieder gesund bin, werde ich dort anrufen – vielleicht kann das aber ja auch meine Beate schon vorher erledigen ...
Im Hintergrund murmeln mehrere Stimmen, Dr. Arser scheint auch dabei zu sein. Leider kann ich kein Wort verstehen. Dann deutlich: „Sind die Angehörigen verständigt?" „Noch nicht, mach ich jetzt."
Man soll meine Frau benachrichtigen, sie informieren, dass ich hier bin, will ich sagen. Die Worte wollen einfach nicht über meine Lippen kommen.

Jemand gibt mir eine Spritze in den rechten Arm. Ich werde schrecklich müde, falle, falle immer tiefer; bunte Farben ziehen mit Wahnsinns-Geschwindigkeit an mir vorbei, so muss sich ein Drogenrausch anfühlen.
Dann, als wenn ein Gummiband reißt, ist mein Fallen vor-

bei. Ich schlage nicht irgendwo auf, nur der Absturz ist zu Ende.

Die Stimmen um mich herum hören sich an wie durch Watte, verstummen – ich fühle mich wie eingewickelt, eingesponnen

Um mich herum ist es dunkel, und jetzt greift die tiefe Dunkelheit auch nach mir, man kann sagen in mich hinein, breitet sich immer weiter in mir aus. Ist das jetzt das Ende meiner Existenz, meines Lebens?

Kapitel 4

Freitag, 12. Mai
Boutique „access moderne"
09:40 Uhr

Beate hat kaum die Tür „Ihrer" Boutique aufgeschlossen, als sich mit einem fröhlichen „Hallo!" ihr Smartphone meldet.

„Beate Schaf, guten Morgen!".

„Klinikum Emsstadt, Tschirner, guten Morgen! Frau Schaf, ich habe Ihnen eine schlimme Nachricht zu übermitteln. Ihr Mann Berthold hatte einen Unfall und wird zur Zeit notärztlich versorgt. Wenn es Ihnen möglich ist, sollten Sie so bald wie möglich kommen!"

„Was ist passiert?" das Blut weicht ihr aus dem Gesicht, ihr wird schwindlig, fast schwarz vor den Augen - sie muss sich ganz schnell setzen. Berthold, einen Unfall? Sofort steigen schreckliche Bilder vor ihrem geistigen Auge hoch. Berthold. Unfall. Krankenhaus. Die Kinder.

„Näheres kann ich Ihnen leider nicht sagen, bitte kommen Sie!"

Lilo, ihre Kollegin, kommt herein. „Was ist denn mit Dir los? Du bist ja leichenblass!"

Beate erzählt von dem Anruf aus dem Krankenhaus.

„Du fährst natürlich sofort hin, den Laden hier werde ich schon meistern!" Lilo nimmt sie aufmunternd in die Arme. „Wird wohl nicht so schlimm sein ..."

„Gut, dass ich heute mit dem Auto hergekommen bin", denkt Beate, „oder auch nicht gut! Wenn Berthold den Wagen genommen hätte, wäre ihm wahrscheinlich nichts passiert."

Es sind nur wenige Schritte bis zum Parkplatz. Die Fahrt

zum Krankenhaus in der Stadt erscheint ihr jedoch unendlich lang.

„Berthold! Unfall!"

Beates Gedanken kreisen immer wieder um diese Worte:
„Hätte er doch nur den Wagen genommen!".

Kreuzung Mittelweg – Wilhelmstraße. Rote Ampel. Beate
nimmt sie erst im letzten Moment war. Vollbremsung direkt
vor dem Querverkehr. Gerade noch einmal nichts passiert!
Als die Wilhelmstraße wieder frei ist, will sie weiterfahren,
will zu ihrem Mann, zum Krankenhaus. Ein Streifenwagen
hält direkt vor ihr.

„Bitte aussteigen und die Fahrzeugpapiere!" wird sie von
dem älteren der beiden Beamten angeherrscht. „Das ist ja
gerade noch einmal gut gegangen, junge Frau. Haben Sie
Alkohol getrunken? Hauchen Sie mich einmal an!"

Der Jüngere geht inzwischen mit ihren Papieren zum
Streifenwagen, zur Überprüfung.

„Alles sauber, Herbert!" sagt er dem Älteren.

„Wieso sind Sie denn überhaupt so zügig in die Kreuzung
eingefahren, haben Sie die Ampel nicht gesehen?"

„Mein Mann! Unfall! Krankenhaus!" kann Beate nur stam-
meln. „Ich muss ganz schnell dorthin!"

„Ohne eine Anzeige kann ich Sie aber nicht davonkommen lassen. Überfahren des Rotlichtes, fahrlässige Ver-
kehrsgefährdung. Das kostet Geld und Punkte!".

Der jüngere Beamte mischt sich ein. „Meinst Du nicht,
Herbert, dass wir Gnade vor Recht ergehen lassen sollten,
in diesem besonderen Fall? Ich habe vorhin die Meldung
von dem Unfall gehört, ganz schön heavy ..."

„Meinst Du? OK, lassen wir es bei einer Ermahnung! Das
wird uns hoffentlich keinen Ärger bringen!". Er füllt einen
Zettel aus und reicht ihn Beate. „ Fahren Sie weiter!"

Erleichtert, noch zitternd von dem Schreck wegen des

Fast-Zusammenstoßes, fährt Beate weiter Richtung Krankenhaus. „Noch etwa zehn Minuten, dann müsste ich da sein", sagt sie zu sich.
Die Strecke scheint ihr unendlich lang - noch etwa fünf Minuten. Das Krankenhaus kommt in Sicht.

Einparken! Aber wo? Alle Parkplätze sind belegt vor dem langgestreckten Gebäude, und die Ampel des Parkplatzes zeigt „BELEGT".
Egal! Beate stellt den Wagen am Zaun neben einem Seiteneingang ab.
Motor aus. Aussteigen. Im Laufschritt zum Haupteingang, zur Anmeldung. Drei Leute sind vor ihr. Es ist 9:55 Uhr.
„Entschuldigung!" drängt sie sich vor, „Entschuldigung, mein Mann wurde gerade nach einem Unfall eingeliefert. Wo finde ich ihn?"
Murren bei den zurückgedrängten Wartenden.
„Name?" „Berthold Schaf". „Schaf? Wie man es spricht?"
„Ja," Beate wird ungeduldig, „Schaf wie Schaf!"
„Aja, da haben wir ihn ja, aber sie können jetzt nicht zu ihm, er ist im OP. Der Lotse bringt Sie in den Warteraum."
In Begleitung des jungen Mannes, wohl ein Praktikant oder Student, geht Beate durch die langen Flure, über diverse Treppen, vorbei an Wartezonen und vielen Türen.

„Da wären wir", sagt der junge Mann zu ihr, „hier auf der Sitzbank können Sie warten!"
Beate dankt ihm; allein hätte sie nie hierher gefunden.
An der Wand ist eine große Digitaluhr installiert. Beate starrt ständig auf die sich veränderten Zahlen, ohne sie wirklich wahrzunehmen.
Hinter der Glastür rührt sich nichts. Ist Berthold wirklich dort? Warum kommt denn nicht jemand heraus, ich muss doch wissen, wie es meinem Mann geht!
Nach gefühlten Stunden endlich Schatten hinter der Milch-

glasscheibe. Dann öffnet sich die Tür, mehrere grün ge-
kleidete Menschen kommen heraus, ein Arzt und mehrere
Schwestern.
„Sie sind Frau Schaf?" „Ja, wie geht es meinem Mann?"
Die Anzeige an der Uhr springt auf 12:30 Uhr.
„Er hat die Operationen überstanden, es war zeitweise et-
was kritisch. Jetzt haben wir ihn aber auf die Intensivstati-
on verlegen können."
„Kann ich zu ihm?"
„Nein, das geht heute nicht, Ihr Mann braucht unbedingt
Ruhe. Sie sollten nach Haus fahren. Geben Sie der
Schwester Ihre Telefonnummer. Man wird Sie anrufen,
wenn Sie zu ihm können!"
Eine der Krankenschwestern tritt zu ihr: „Können wir noch
ein paar Formalitäten erledigen? Das wäre ganz gut, aber
wenn es Ihnen nicht möglich ist, machen wir das morgen;
und bitte die KV-Karte Ihres Mannes mitbringen!"
Beate ist froh, sich nicht heute mit Papierkram belasten zu
müssen.
Die Angst um ihren Mann ist ihr ins Gesicht geschrieben;
die Schwester spricht ihr gut zu. „Sie können im Moment
nichts für ihn tun. Er wird noch eine lange Zeit in der Narkose bleiben. Fahren Sie nach Haus, wir rufen Sie an!"

Wie benommen macht sich Beate auf den Heimweg. In
ihren Gedanken hat sie schon bei den Worten der
Schwester das Wort 'Narkose' durch das Wort 'Koma' ersetzt.
So etwa um drei Uhr kommt sie bei ihren Kindern an, die
sie natürlich schon sehnsüchtig erwarten und wissen
möchten, was mit ihrem Papa los ist, wie es ihm geht.
„Kinder, lasst uns heute Abend in Ruhe über alles reden,
jetzt geht ihr, wenn ihr wollt, zu euren Freunden. Aber,
Johanna, bitte nicht übernachten, ich möchte euch nachher bei mir haben!"

Kapitel 5

Eine über weite Strecken schlaflose Nacht liegt hinter Beate.

Am Abend hat sie noch lange mit den Kindern über die neue Situation gesprochen, so offen und ehrlich, wie es ihr nur möglich war, und jetzt haben sich Malte und Johanna zu ihr ins Bett gekuschelt. „Wir werden eine hoffentlich nicht sehr lange Zeit ohne Papa zurechtkommen müssen, ich habe keine Ahnung, wie lange er im Krankenhaus sein wird. Ich hoffe nur, dass die Kopfverletzung nichts Ernstes nach sich zieht ...“

„Ach, Mama,“ Johanna versucht, sie zu trösten, „wir sind doch bei dir, und wir drücken dem Papa ganz fest die Daumen!“

„Was wird denn nun aus unserem Urlaub?“ Malte denkt da ganz praktisch, „den müssen wir doch absagen, oder?“

„Kann ich noch nicht sagen, die Ärzte wollen heute noch einmal genauer untersuchen, gestern war ja alles nur wegen der akuten Verletzungen. Ich hoffe, heute wissen sie mehr!“

„Was hat er denn gesagt, wie geht es ihm?“ Malte setzt nach, „hat er Schmerzen?“

„Ich habe nicht mit ihm reden dürfen, keine Ahnung, aber nachher fahre ich zu ihm, und wenn es geht, hole ich euch auch ab. Kommt, ihr zwei, lasst uns frühstücken, dann werden wir weitersehen ...“

Beate geht als erste ins Badezimmer, versucht, die Müdigkeit aus dem Körper zu vertreiben – eine kalte Dusche bringt sie in kurzer Zeit in Schwung. Haare föhnen, Zähne putzen, das muss reichen. Ins Geschäft geht sie heute

nicht, das hat sie schon gestern mit ihrer Kollegin Lilo abgesprochen, ihr Mann und die Kinder sind wichtiger.
Die Kinder haben sich wieder in die Kissen gekuschelt, als
sie die Tür zum Schlafzimmer öffnet.
„Jetzt aber raus aus den Federn, und Zähne putzen nicht
vergessen!" Die Zwei springen aus dem großen Bett, in
dem sie mit ihrer Mama in der letzten Stunde lagen; beide
versuchen, als erste das Bad zu erobern – wie fast immer
gewinnt Johanna den kleinen morgendlichen Wettstreit.
„Och manno, nun muss ich wieder auf die warten", mault
Malte.
„Wer ist denn die?", fragt Beate den Jungen auf dem Flur,
sie hatte Maltes letzte Worte mitgehört. „Na, die Große,
wer denn sonst? Immer drängelt sie sich vor!"
Johanna ist heute früh, ganz anders als an 'normalen' Tagen, ziemlich schnell mit ihrer „Morgentoilette" fertig und
macht ihrem kleinen Bruder den Weg frei, geht in ihr Zimmer zurück, um sich anzuziehen.
Schon einige Minuten später ist sie in der Küche zu finden, hilft Beate, die schon begonnen hat, den Tisch herzu-
richten, beim Vorbereiten des Frühstücks. „Mama, wir
brauchen heute aber nur drei Gedecke, Papa ist doch
nicht da!"
Beate, ganz in ihre Gedanken vertieft, schreckt auf: „Ach
ja, ich war in Gedanken, entschuldige bitte!"
„Du brauchst dich doch nicht entschuldigen", versucht
Johanna, sie zu trösten, denn bei Beate kommen ein paar
Tränen, und sie nimmt ihre Tochter in die Arme. „Du hast
ja Recht, mein Mädchen!"

Es dauert nicht sehr lange, bis auch Malte zum Frühstück
erscheint. „Hab ich einen Hunger!"
„Brötchen gibt es heute nicht, ich hatte keine Lust, zum
Bäcker zu fahren, samstags kommt der Bäckerjunge ja
nicht - und Papa kann ja leider nicht hinfahren". Beate hat

den Satz noch nicht ganz beendet, als ihr schon wieder die Tränen kommen.

„Mama - Papa ist doch nur im Krankenhaus! Wenn es ihm relativ gut geht, werden Johanna und ich ihn heute Nachmittag besuchen fahren!" Malte ist voller Optimismus.

„Aber nicht mit dem Rad, sondern mit dem Bus!", Beate ist betroffen, „nachher werde ich erst einmal mit dem Krankenhaus telefonieren, ob wir überhaupt zu Besuch kommen können."

„Wenn wir heute nicht zu ihm dürfen, möchte ich gern mit meinen Freunden Fußball spielen, ich habe gestern schon das Training verpasst!" „Und ich möchte dann gern zu Anna!"

„Lasst uns bis zum Mittag warten mit euren Plänen, dann sehen wir weiter."

Beate will nicht, dass sich die Kinder schon festlegen, erst einmal sehen, was das Krankenhaus sagt, wenn auch an einem Samstag wahrscheinlich nicht sehr viel zu erfahren sein wird …

Mit dem Frühstücken und dem anschließenden Aufräumen ist es inzwischen etwa zehn Uhr geworden. Beate sucht die Nummer des Krankenhauses aus dem Telefonbuch heraus und speichert sie in ihrem Smartphone ab – sie wird sie ja wahrscheinlich in den kommenden Tagen noch häufiger benötigen. Dann wählt sie die Nummer an.

„Klinikum Emsstadt! Mein Name ist Gudrun Meierbeer - was kann ich für sie tun?"

„Mein Mann wurde gestern nach einem Unfall bei Ihnen eingeliefert, und ich möchte mich nach seinem Zustand erkundigen!"

„Wie ist der Name?"

„Berthold Schaf".

„Wie man es spricht?"

„Ja, Schaf wie Schaf!" Beates Stimme klingt jetzt etwas ärgerlich, alle Welt fragt bei ihrem Familiennamen immer erst noch einmal nach …

„Da haben wir ihn, ich verbinde sie mit der Station!"

„Danke!" Aber da ist die Stimme von Gudrun Meierbeer schon weg.

„Neurologie Eins, Schwester Carolin. Kann ich ihnen weiterhelfen?"

„Mein Mann liegt bei ihnen, Berthold Schaf, wie geht es ihm?"

„Dazu darf ich ihnen am Telefon keine Auskunft geben, aber wenn es ihnen möglich ist, sollten sie kurzfristig vorbeikommen – bis dreizehn Uhr ist Dr. Mölders, unser Oberarzt, noch im Haus!"

„Danke, Schwester, ich bin schon unterwegs!"

„Johanna, Malte, kommt ihr mal bitte?" Die beiden, die sich gerade in ihren Zimmern aufgehalten haben, sind erstaunlicher weise sofort bei ihr.

„Ich fahre jetzt ins Krankenhaus, zu Papa. Sollen Oma und Opa heute Nachmittag zu uns kommen, damit ihr in den nächsten Tagen nicht allein seid?"

„Nöö, braucht nicht, heute kommen wir allein zurecht, vielleicht morgen? Wir bestellen Pizza zum Essen, und dann schauen wir KiKa! Und wenn du länger brauchst, machen wir es wie besprochen: Fußball mit den Jungs und Freundin Anne".

„Na gut, ausnahmsweise, ich denke, es wird nicht so ganz furchtbar lange dauern, und heute Abend sehen wir weiter!"

Schon sind die Kinder wieder in ihren Zimmern verschwunden.

Schon im Hinausgehen ruft Beate ihnen noch zu: „Und macht keine Dummheiten! Tschüss, bis nachher!"

Beate fährt hoch konzentriert in Richtung Krankenhaus, dieses Mal will sie nicht wieder eine rote Ampel überfahren, trotz ihrer ununterbrochen bei Berthold weilenden Gedanken ...

Im Wartebereich vor der Intensivstation trifft sie auf Schwester Agneta: „Können Sie mir sagen, wo ich Dr. Mölders finde? Und wo meinen Mann?"

Schwester Agneta, die erst vor einigen Stunden nach einem längeren Urlaub ihren Dienst auf Station wieder angetreten hat, fragt nach: „Wer ist denn Ihr Mann?"

„Berthold Schaf!" „Ach so, unser Komapatient ..."

Beate ist wie vor den Kopf geschlagen - „Komapatient? Mein Mann ein Komapatient?" Also war ihre Befürchtung nicht falsch. „Warum hat mir denn niemand etwas davon gesagt?"

„Das kann ich Ihnen leider auch nicht verraten, aber da kommt gerade Dr. Mölders, der wird Ihnen mehr sagen können."

Dr. Mölders hat den letzten Teil des Gespräches mit angehört. Mit seiner ruhigen, sonoren Stimme geht er sofort auf Beates Worte ein.

„Liebe Frau Schaf, bleiben Sie bitte ganz, ganz ruhig, es gibt vorerst keinen Grund zur Besorgnis. Wir haben am Freitag nach der Versorgung der Verletzungen am Bein und am Arm festgestellt, dass Ihr Mann zusätzlich auch noch eine Verletzung am Kopf hat. Wir haben dann sofort ein MRT gemacht und bei der Auswertung der Bilder festgestellt, dass, um es einfach darzustellen, eine Blutung

zwischen Knochen und Hirnhaut aufgetreten ist, die aber anscheinend zum Stehen gekommen ist. Dieses Hämatom, so will ich es einmal bezeichnen, ist aber Raum fordernd, wie wir sagen, und drückt auf die in der Nachbarschaft liegenden Hirnbereiche, was wiederum zu den Funktionsausfällen führt, die wir noch nicht endgültig bewerten können. Die Einblutung ist der Grund, weshalb wir uns entschieden haben, Ihren Mann im Koma zu belassen, damit sich die ganze Sache wieder beruhigen kann."
„Aber das vergeht doch wieder, Herr Doktor, oder?"
„Davon gehen wir aus, und wenn sich die Blutung nicht ausweitet und sich nichts Neues ergibt, wie wir zur Zeit annehmen, wird das wieder ..."
„Und mein Mann wird wieder ganz gesund?"
„Wir tun, was in unserer Macht steht."
Beate ist von Dr. Mölders Worten nicht so ganz überzeugt, fragt aber zunächst nicht weiter nach.
„Kann ich denn jetzt meinen Mann sehen?"
„Ja, selbstverständlich. Aber erschrecken Sie sich nicht wegen der vielen Schläuche und Kabel, das meiste ist reine Vorsicht!"
„Schwester, bringen Sie Frau Schaf bitte zu ihrem Mann."
„Auf Wiedersehen, Frau Schaf, ich muss leider weiter, wir sehen uns nachher noch kurz?"
Die beiden Frauen ziehen die bereit liegende Schutzkleidung an, streifen die grünen Überschuhe über ihre Strassenschuhe, desinfizieren sich die Hände und betreten das Zimmer, in dem Beates geliebter Mann, umringt von Apparaturen und angeschlossen an vielerlei Schläuche und Leitungen, bleich in seinem Bett liegt. Sie erschrickt fürchterlich, die Tränen brechen ihr aus, als sie ihn so liegen sieht, so hilflos, wehrlos.
„Darf ich direkt zu ihm gehen?"
Sie fängt sich wieder.

Behutsam tritt sie an Bertholds Bett, berührt, ein wenig ängstlich, seine Wange: „Ach, mein Schatz – was machst du denn für Sachen!"

Sie erfährt leider keinerlei Reaktion durch ihren lieben Mann, bricht erneut in Tränen aus. „Frau Schaf, nicht verzweifeln, nicht aufgeben, Ihr Mann wird bestimmt wieder gesund!"

Schwester Agneta versucht, Beate zu trösten. „Es hat schon so viele Fälle gegeben, in denen Komapatienten auch nach langer Zeit aufgewacht sind und wieder gesund wurden!"

„Darf ich ein bisschen hier am Bett sitzen bleiben?"

„Natürlich, aber bitte von den Geräten nichts anfassen, das wäre gefährlich für ihren Mann, auch wegen der Infektionsgefahr, Sie verstehen?"

„Sicher, keine Sorge, und wenn ich gehe, sage ich ihnen Bescheid."

Schwester Agneta verlässt den mit einer gläsernen Wand vom Flur abgetrennten Raum, und Beate ist mit ihrem Berthold allein, allein mit ihrem schlafenden Mann inmitten blinkender und piepsender Geräte.

Pchch-poch - pchch-poch - pchch-poch.

Das Geräusch der Beatmungsmaschine geht ihr mitten ins Mark. „Was mache ich denn nur mit den Kindern?" fragt sie sich, „sollen sie ihren Papa soo sehen, so erleben, hilflos, beatmet, an vielerlei Schläuchen und Kabeln?"

Pchch-poch - pchch-poch – pchch-poch.

Beate spricht mit ihrem Berthold, erzählt ihm von der Reaktion der Kinder und der Nachbarn, die sich natürlich über Bertholds Fehlen am Feierabend verwundert haben, aber nach einiger Zeit gehen ihr die Worte aus – wenn die Reaktion des Gegenübers so ganz fehlt …

Sie streichelt dem Kranken noch einmal zärtlich Gesicht

und Hände, soweit das trotz des Kopfverbandes und der Schläuche möglich ist. „Ich gehe jetzt erst einmal zu den Kindern, mal sehen, ob wir morgen zu Dritt kommen oder ich wieder allein. Bitte werde ganz schnell wieder gesund, ich brauche dich, mein Liebling!“

Auf dem Flur wirft sie noch einen langen Blick zurück zu ihrem Mann, dann entsorgt sie die Schutzkleidung in den dafür vorgesehenen Sammelbehälter. Sie winkt ihrem Mann noch einmal zu – im gleichen Augenblick fällt ihr ein, dass er es ja überhaupt nicht bemerken kann …

Im Stationsbüro findet sie Dr. Mölders.
„Frau Schaf, schön, dass Sie gekommen sind. Wir müssen über Ihren Mann sprechen, es sind Entscheidungen zu treffen!“
„Entscheidungen? Was für Entscheidungen? Sicher, mein Mann hatte einen Unfall, bei dem er ziemlich verletzt wurde und auch sicher viel Blut verloren hat, aber – das kriegen Sie doch in den Griff, Doktor Mölders?“
„Ich will Ihnen nichts vormachen, Frau Schaf – Ihr Mann hat bei dem Unfall mehr abbekommen, als es zunächst aussah. Den Beinbruch und die Verletzung am Arm haben wir im Griff, aber die Kopfverletzung macht uns Probleme. Ihr Mann ist, Sie haben ihn ja gerade gesehen, absolut nicht ansprechbar, und das müssen wir näher untersuchen, da müssen Sie uns freie Hand geben, sonst dürfen wir bestimmte Untersuchungen nicht vornehmen!“

Beate sitzt zusammengesunken auf dem Stuhl, den ihr Dr. Mölders zuvor angeboten hatte.

Vorsicht, Beate, nicht sofort dem zustimmen, was der Arzt Dir vorschlägt. Eine zweite Meinung einholen, Ihr seid doch

„Doktor, was haben Sie mit meinem Mann vor, was ist
denn erforderlich? Ich kann das zwar alles nicht beurteilen
– aber ich kann auch nicht sofort zustimmen, worum immer es geht!"

„Das verstehe ich durchaus. Wissen Sie, die Kopfverletzung macht uns Sorgen. Wir haben sofort, nachdem wir
die Verletzungen an Bein und Arm versorgt hatten, ein
MRT des Schädels gemacht. Die Schädelknochen sind,
soweit wir es erkennen können, unversehrt. Aber er hat
ein schweres Schädel-Hirn-Trauma, das zu den vorhandenen Ausfällen führt. Eine Einblutung, ein Hämatom zwischen Gehirn und umgebendem Knochen führt zu erhebli-
chem Druck auf das Gehirn, wie ich es Ihnen in unserem
ersten Gespräch bereits sagte."

„Und diese Ausfälle – was ist das genau? Kann man den
Druck nicht verringern?"

„Nicht so ohne Weiteres! Genau wissen wir es noch nicht,
da sind noch weitere Untersuchungen erforderlich. Soweit
wir bisher, und ich muss sagen, in der Kürze der Zeit, erkennen können, ist das Sehzentrum betroffen, er hört
nichts, kann nicht reden, scheint sein Umfeld überhaupt
nicht wahrzunehmen, reagiert nicht auf Reize. Die sonsti-
gen körperlichen Funktionen sind aber noch vorhanden,
Kreislauf und Atmung unterstützen wir nur ganz geringfü-
gig. Die nächsten zwei, drei Tage werden uns mehr Informationen bringen. Aber, liebe Frau Schaf, er liegt im
Koma, mit allen Konsequenzen, und zwar direkt durch den
Unfall, nicht weil wir ihn entsprechend sediert hätten!"

„Aber Sie bekommen ihn doch wieder hin, er wird doch wieder gesund?“ Beate sieht den Arzt ängstlich, hoffnungsvoll an.

„Sie können sich darauf verlassen, dass wir alles in unserer Macht stehende tun werden; ich habe auch schon unseren Neurochirurgen verständigt, der sich die MRT-Bilder ansehen wird. Aber über bestimmte Dinge müssen Sie und Ihre Familie entscheiden – vielleicht reden wir am Anfang der nächsten Woche noch einmal darüber; jetzt gilt es zunächst, ihn stabil zu halten, und das gelingt uns ganz gut.“

„Sie informieren mich, wenn es gute oder schlechte Nachrichten gibt?“

„Ganz sicher,“ verabschiedet sich Dr. Mölders, „auf Wiedersehen, Frau Schaf, und Kopf hoch!“

Von diesen Nachrichten fast benommen, verlässt Beate die Station, setzt sich in der großen Empfangshalle auf eine der Bänke.

Tausend Gedanken schießen ihr durch den Kopf, schließlich nimmt sie all ihren Mut zusammen und geht langsam zum Auto ...

Kapitel 7

Samstag, 13. Mai
Wohnung
ca. 14:00 Uhr

Wie sie nach dem Gespräch mit Dr. Mölders wieder nach Haus gekommen ist, kann Beate nicht sagen – irgendwie ist sie, Gott sei Dank,unfallfrei, wieder bei ihrem Haus angekommen, fährt ins Carport.

Die Kinder, die sich den Vormittag über sehr gut selbst beschäftigt haben, stürmen ihr entgegen, als sie aus dem Auto aussteigt.

„Was ist mit Papa? Geht es ihm gut? Was hat er gesagt?"

Beate umarmt die beiden: „Langsam, ihr Süßen, lasst uns erst einmal ins Haus gehen."

Mit bedrückten Mienen sitzen sich die Drei im Wohnzimmer gegenüber.

„Was ist denn nun mit Papa, wann dürfen wir ihn besuchen?"

„Zur Zeit leider noch nicht. Der Arzt hat mir gesagt, das er in einem 'natürlichen' Koma liegt, das bedeutet, durch den Unfall ist zur Zeit nicht alles in seinem Gehirns zu gebrauchen, funktioniert einfach nicht.

Und weil das so ist, müssen viele Körperfunktionen mit irgend welchen Geräten aufrecht erhalten werden, wenn ihr versteht, was ich meine."

Die Kinder sehen sie mit großen Augen an, Johanna kommen die Tränen, Malte rennt aus dem Zimmer.

„Malte, bitte komm wieder zu uns!"

„Kommt zu mir aufs Sofa, ihr Zwei." Beate nimmt ihre Kinder ganz fest in die Arme. „Wir brauchen nicht verzweifeln, hat der Arzt gesagt, Papa wird wieder gesund!"

Liebe Beate, das könnte ein nicht einlösbares Versprechen sein. Woher willst du

Eine schreckliche Nachdenklichkeit, fast eine Verzweiflung ergreift von ihr Besitz, dann fängt sie sich wieder.

„Kinder, lasst uns überlegen, wie wir heute weitermachen. Habt ihr denn überhaupt etwas gegessen?"
„Ja," antworten die Kinder wie aus einem Mund, „Pizza war doch angesagt!"
„Hab ich total vergessen. Gut. Du, Johanna, hast dich verabredet? Dann geh zu Anna! Und du, Malte, wolltest zum Fußball? Mach das. Es hat für uns alle überhaupt keinen Sinn, hier im Zimmer zu sitzen und zu heulen.
Ich werde jetzt erst einmal bei Oma und Opa in Delmenhorst anrufen, und dann bei den Marienhafenern.
Und jetzt raus mit euch, aber bitte seid um sechs Uhr wieder hier zum Abendessen.

Die Kinder gehen, allerdings längst nicht so schwungvoll wie sonst, zu ihren Freunden, und Beate greift sich das Telefon. Ihr Schwiegervater Konrad ist am Ende der Leitung, begrüßt sie fröhlich: „Na, min Deern, wie geht es euch?"
Es fällt ihr schwer, Bertholds Eltern die schlechte Nachricht zu überbringen, immer wieder schießen ihr die Tränen in die Augen, schluchzt sie ins Telefon. Bertholds Mutter Hanne, eigentlich heißt sie ja Johanna und war sehr stolz, als ihre Enkeltochter nach ihr benannt wurde, ist sprachlos bei der schlechten Nachricht, die ihr Beate überbringt, und sie ist sonst durchaus nicht auf den Mund gefallen!

„Können wir ihn besuchen? Sollen wir kommen? Können wir euch helfen?"
All diese gut gemeinten Fragen muss Beate natürlich zunächst einmal zurückweisen, noch ist die Situation zu unklar.
„Wir müssen erst einmal die nächsten Tage abwarten, noch kann man nichts sagen, aber ich halte euch natürlich auf dem laufenden. Und danke für euer Angebot."
Beate kann sich gut vorstellen, was jetzt in den Köpfen von Hanne und Konrad vorgeht.
„Aber bitte, ihr Lieben, unternehmt zunächst einmal nichts, ich melde mich sofort bei euch, wenn es Neues gibt!"

Als Nächstes steht der Anruf bei ihren eigenen Eltern in Ostfriesland an, die natürlich von den Ereignissen genauso überrascht und betroffen sind.
Auch sie bieten selbstverständlich sofort ihre Hilfe an; auch hier verweist sie auf die noch so ungeklärte Situation.

Kapitel 8
Sonntag, 14. Mai
Am Küchentisch
10:00 Uhr

Die Nacht ist für Beate grauenvoll, ihr Unterbewusstsein beschert ihr einen Alptraum nach dem anderen – Berthold auf Intensiv, Berthold im Rollstuhl, Berthold im Wachkoma hier zuhause, Berthold tot!
In Schweiß gebadet wacht sie mitten in der Nacht auf, ist einen Moment richtig gehend orientierungslos, ehe sie sich wieder gefangen hat.
Schlaftrunken tapst sie durch den kurzen Flur zu den Kinderzimmern – alles in Ordnung. Dann geht sie, noch immer mit unsicheren Schritten, ins Bad, lässt das kalte Wasser laufen und schüttet sich davon reichlich ins Gesicht – das hilft ein wenig gegen ihre 'Verwirrung' durch die Träume.

Die Uhr zeigt 4:30 Uhr, als sie sich wieder in ihr Bett legt. Igitt, alles feucht, durchgeschwitzt. Jetzt mache ich nichts damit, denkt sie und legt sich in Bertholds Bett, wo sie nach einiger Zeit traumlos bis zum Morgen durchschläft, bevor sie von Johanna und Malte geweckt wird: „Mama, aufstehen, wir haben Hunger; und wieso schläfst du in Papas Bett?"
Beate versucht eine Erklärung, ohne jedoch vom Inhalt ihrer Alpträume zu erzählen - „ich habe heute Nacht sehr geschwitzt, gestern war wohl etwas zu viel für mich!"
Die Kinder akzeptieren diese Erklärung und fragen nicht nach.

„Gut, das heute Sonntag ist, keine Schule, keine Boutique!"

Johanna spricht aus, was alle denken: „Aber Papa fehlt!"
Das Frühstück heute, ohne die sonst von Berthold gekauften Sonntagsbrötchen, verläuft ziemlich schweigsam, alle drei hängen ihren Gedanken nach.
„Mama!" Johanna bricht das Schweigen, „Mama, was denkst du, wann können wir Papa besuchen?"
Malte sieht sie ebenfalls fragend an.
„Ich weiß es leider nicht, habe ich euch doch schon gestern gesagt, nachher rufe ich wieder in der Klinik an."
„Hm," Malte ist mit der Antwort nicht zufrieden, „wann rufst du denn an?" „Gleich, nach dem Frühstück, versprochen."

Tisch abräumen, frische Luft hereinlassen – das macht den Kopf etwas freier.
„Kinder, macht bitte in euren Zimmern Ordnung!".
Endlich, es ist gegen elf Uhr, überwindet Beate ihre Angst vor schlechten Nachrichten und ruft in der Klinik an.
„Bitte die ITS!"
„Moment, ich verbinde."
„Tüüüt – tüüüt – tüüüt."
„ITS Schwester Agneta. Was kann ich für Sie tun?"
Beate kann diese Floskeln, die man ja bei fast jedem Anruf, ganz gleich bei wem, zu hören bekommt, nicht mehr ertragen:
„Hier ist Beate Schaf. Schwester Agneta, wie geht es meinem Mann? Können die Kinder und ich ihn besuchen? Geht es ihm besser?"
„Ach, Frau Schaf, da kann ich ihnen nichts neues berichten. Ihr Mann liegt nach wie vor im Koma, wir haben ihn soweit stabilisiert, aber es gibt immer noch keine aktive Äußerung von ihm.
Sie können natürlich zu ihm, aber die Kinder … Ich denke, das wäre nicht gut für sie!"
Beate bricht wieder in Tränen aus. „Vielen Dank!" kann sie gerade noch herausbringen, legt auf.

„Mama, was ist denn nun? Können wir zu Papa?"
Sie trocknet ihre Tränen mit dem Ärmel ihres Shirts. „Nein, leider nicht, aber ich fahre nachher allein zu ihm. Ich rufe gleich noch bei Oma Hanne in Delmenhorst an, sie und Opa sollen kommen, euch versorgen und sich um euch kümmern, schließlich ist morgen wieder ein Schultag!"
„Och nee, können wir nicht allein bleiben? Und Schule morgen wollen wir nicht, das bringt sowieso nichts."
Johanna setzt sich bedrückt in den Sessel vor dem Fernseher, Malte hockt sich auf die Lehne neben ihr.
„Mal sehen. Heute essen wir aber auf jeden Fall gemeinsam, wie immer sonntags." „Aber Papa ist doch nicht da!"
„Papa ist nicht da, aber er war ja auch schon öfter nicht da, wenn er von seiner Firma aus zum Lehrgang musste, also …".
„Wir gehen morgen aber nicht zur Schule, wir denken doch sowieso immer nur an Papa!"
„Morgen früh sehen wir weiter, Ende der Diskussion!"
Wie sie es ihren Kindern schon angekündigt hatte, ruft Beate bei Bertholds Eltern an. „Könnt ihr kurzfristig für ein paar Tage zu uns kommen? Das würde uns sehr helfen, ihr hattet es ja angeboten!"
Beates Schwiegereltern treffen schon am späten Nachmittag ein und beziehen das Gästezimmer, das sie schon vorbereitet hat.
Nach ersten Gesprächen, in der Beate von Berthold und seinem sehr beängstigen Gesundheitszustand berichtet und davon, dass sie immer noch nicht viel vom Hergang des Unfalls weiß, mischen sich die Kinder ein.

„Wir sind ganz, ganz traurig, und wir können morgen wirklich nicht zur Schule gehen, Oma, Mama, bitte!", Johanna legt ihren ganzen Charme in ihre Stimme, gepaart mit ängstlichen Untertönen, und Malte schaut etwas kritisch zu den Erwachsenen.

„Konrad, sag du etwas dazu", spricht Beate spricht ihren Schwiegervater direkt an.

„Ich finde, in dieser Ausnahmesituation haben die Kinder Recht, es bringt niemandem etwas, wenn sie morgen nur in ihren Klassen sitzen und immer an ihren kranken Papa denken - sie sollten morgen ausnahmsweise wirklich zu Hause bleiben!"

Die Kinder fallen ihrem Opa um den Hals …

„Jetzt ist aber Schlafenszeit, ab in die Betten mit euch, und das Zähne putzen nicht vergessen!"

Die Gespräche im Wohnzimmer drehen sich im Kreis, wie Beates Gedanken.

„Darf ich euch ein Glas Wein anbieten?" durchbricht Beate das zwischenzeitlich immer wieder auftretende Schweigen. Sie und ihre Schwiegereltern blicken gedankenverloren vor sich hin.

„Nein, danke. Lasst uns morgen weitersehen", Opa Konrad ist inzwischen müde geworden, „dann wissen wir hoffentlich mehr - gute Nacht, meine Lieben!" Sagt es und geht ins Gästezimmer; bald danach hören ihn die beiden Frauen im Bad.

„Dann wollen wir auch versuchen, zu schlafen", Hanne nimmt Beate in die Arme, „warte ab, das wird schon wieder!"

Hanne, eine fest mit beiden Beinen im Leben stehende Mitt-Sechzigerin, denkt immer ganz pragmatisch. „Du wirst sehen, es wird nichts so heiß gegessen, wie es gekocht wird."

„Ach, Hanne, ich habe solche Angst, dass Berthold nicht wieder aus dem Koma erwacht, schließlich hat er doch die Verletzungen am Kopf." „Warten wir doch den morgigen Tag erst einmal ab. Ich werde dich dann ins Krankenhaus begleiten, Opa kümmert sich um die Kinder, und dann werden wir ja sehen."

Kapitel 9

Montag, 15. Mai
Klinikum – ITS
ca. 10:00 Uhr

In der Wartezone und auf Station ist niemand zu sehen, die Ärzte und Schwestern scheinen gerade ausnahmslos auf Visite zu sein.

„Komm, wir gehen zu Bertholds Zimmer, ich weiß ja, wo es ist."

Beate ergreift Hannes Hand, die jetzt etwas zögerlich wirkt. „Dürfen wir das denn?"

„Keine Ahnung, aber es ist ja niemand hier, komm!"

Sie gehen durch die große Schwingtür in den Gang vor den Krankenzimmern, als Schwester Carolin aus einem der Zimmer kommt.

„Was machen Sie hier, wohin wollen Sie? Hier haben Sie nichts verloren! Bitte verlassen Sie die Station, gehen Sie zurück in den Wartebereich vorn vor der Durchgangstür!"

Sehr energisch werden Mutter und Frau des Patienten Berthold Schaf von der Station verwiesen, Schwester Carolin ist sehr energisch.

„Aber ..."

„Bitte, gehen Sie jetzt, ich komme dann zu Ihnen nach vorn!"

Bedrückt folgen die beiden Frauen den deutlichen Anweisungen der Schwester.

„Die ist vielleicht energisch", Hanne schüttelt den Kopf, „das hätte man auch netter sagen können!"

Es vergeht etwa eine halbe Stunde, in der die beiden desinteressiert in irgendwelchen Zeitschriften blättern, als die energische Schwester zu ihnen kommt.

„Verzeihen Sie mir, aber wir hatten vorhin einen Akutfall,

da konnten wir sie auf Station wirklich nicht gebrauchen! Zu wem möchten sie denn?"
„Zu meinem Sohn Berthold Schaf." Hanne reagiert als Erste.
„Kommen sie bitte mit. Sie waren schon einmal hier?"
Beate nickt.
„Dann kennen Sie ja schon die Prozedur mit der Schutzkleidung und den Überschuhen, hier bitte!".
Hanne und Beate ziehen die grünen Kunststoffkittel an, schlüpfen in die Kunststoffschuhe. Schwester Carolin führt sie in das Zimmer zu Berthold, der unverändert regungslos auf dem Bett liegt, allerdings hat man ihm das linke Bein etwas erhöht gelagert.
Der Anblick ihres Sohnes hier, inmitten der vielen blinkenden, piependen, zischenden Geräte trifft Hanne wie ein Schlag, und dann auch noch die vielen Schläuche und Kabel, die in die Arme, an den Kopf, unter die Bettdecke führen – sie ist einer Ohnmacht nahe, muss sich auf einen glücklicherweise vorhandenen Stuhl setzen.
Beate, die den ersten Schock bereits bei ihrem vorherigen Besuch hier bei Berthold erlebt hatte, geht zu ihrem geliebten Mann, nimmt seine Hand, streichelt sie vorsichtig, liebevoll.
„Wir kriegen das hin, mein Liebster, wir kriegen das hin. Was auch immer passiert, wir schaffen das gemeinsam!"
Die Minuten verrinnen im Zeitlupen-Tempo.
Pchch-poch - pchch-poch – pchch-poch.
Die Beatmungsmaschine versorgt Berthold mit Sauerstoff, ein durchsichtiger Plastikbeutel mit einem wässerigen Inhalt, an einem verchromten Galgen aufgehängt, führt ihm Flüssigkeit zu. NaCl (0,9%) steht auf dem Flüssigkeitsbeutel, der mit einer Tropfvorrichtung dem Körper Flüssigkeit zuführt.
Toc --- toc --- toc. Nicht hörbar, aber zu sehen.
Hanne hat sich wieder gefangen, bleibt aber auf dem

Stuhl sitzen. „Ich kann das nicht. Ich kann jetzt nicht seine Hand halten - wenn ich doch nur helfen könnte, alles würde ich dafür geben!"

Schwester Carolin ist im Raum geblieben. Hanne wendet sich an sie: „Wie kann er denn so etwas zu essen bekommen? Das geht doch nicht, oder?"

„Naja, bisher haben wir ihn nur mit Flüssigkeit versorgt, um den Blutverlust auszugleichen, sie sehen die Infusion. Zusätzlich wurde durch die Nase eine Magensonde für flüssige Nährstoffe gelegt, und wahrscheinlich legen wir heute noch eine sogenannte PEG-Magensonde, aber das entscheidet Dr. Mölders. Sie kennen ihn ja schon, oder?" wendet sie sich an Beate.

Nach einigen Minuten der Stille fährt sie fort: „Sie sollten jetzt gehen, wir werden Sie voraussichtlich morgen Vormittag anrufen, um weiteres zu besprechen, hat mir Dr. Mölders gesagt. Bitte kommen Sie jetzt mit."

Beate streichelt noch einmal Bertholds Hand. „Bis morgen", flüstert sie ihm noch zu, bevor sie der Schwester folgt.

Nach dem Verlassen der Station gehen die beiden Frauen noch einige Schritte in dem kleinen Park vor dem Krankenhaus spazieren.

„Erinnerst du dich an gestern Abend, als du gesagt hast 'das wird schon wieder'? Würdest du das jetzt auch wieder sagen nach diesem Eindruck? Nachdem du dein Kind in dieser traurigen, beängstigenden, bedrückenden Lage gesehen hast? Bist du immer noch dieser Meinung? Oder verstehst du jetzt meine Ängste und Befürchtungen?"

„Ich will dir jetzt nicht antworten, verzeih mir bitte, lass uns zu Konrad und den Kindern fahren – ich bin völlig durcheinander!"

„Ist in Ordnung, ich verstehe das, komm, wir gehen zum Wagen und fahren nach Hause!"

Kapitel 10
Montag, 15. Mai
Zuhaus im Garten
ca. 11:30 Uhr

Konrad und die Kinder sehen sie erwartungsvoll an, als sie das Auto verlassen. Ein wahres Feuerwerk von Fragen prasselt auf sie herein.

„Bitte, lasst uns erst einmal ins Haus gehen, nein, besser in den Garten." Die Kinder rennen schon vorweg, Konrad macht ein sorgenvolles Gesicht. „Es war nicht so gut", stellt er fest.

Die ganze Familie setzt sich an diesem vom Wetter her wunderschönen Spätvormittag um den Terrassentisch.

„Nun sagt schon, wie geht es Papa? Wann können wir ihn besuchen? Tut ihm noch etwas weh? Was hat er gesagt, wann kommt er wieder nach Haus?"

Alle diese Fragen tun Beate im Herzen weh, wenn sie an ihren Mann denkt – die Kinder lieben ihren Vater sehr und vermissen ihn schon jetzt nach nur drei Tagen! „Was soll das nur werden?" geht ihr durch den Kopf.

„Kinder, es ist alles ganz, ganz schwierig. Papa ist immer noch auf der Intensivstation, hört und sieht nichts, kann nicht reden, scheint auch nichts zu fühlen. Ich muss es euch so sagen: Er ist schwer verletzt, und es wird sehr lange dauern, wie sich die Sache jetzt darstellt. Morgen habe ich wieder ein Gespräch mit dem Arzt, dann sind wir vielleicht etwas klüger."

Johanna bricht in Tränen aus, Malte rennt in den Garten, hockt sich an den kleinen Brunnen, den Berthold vor zwei Jahren aufgemauert hat. Opa Konrad geht zu ihm, und Beate nimmt ihre Große in den Arm, trocknet ihr die Tränen.

„Trotz allem, wir müssen auch heute etwas essen, ich kümmere mich darum." Oma Hanne hat ihre alte Selbstsicherheit wiedergefunden, scheint es, und wendet sich der praktischen Seite des Lebens zu; bald hört man sie in der Küche hantieren.
Opa Konrad ist mit dem 'kleinen' Malte wieder an den Terrassentisch zurückgekehrt; alle hängen ihren Gedanken nach.
Beate versucht, die Spannung etwas herunter zu fahren: „Ich werde jetzt an meinen Schreibtisch gehen und für euer Fehlen heute in der Schule eine Entschuldigung schreiben - aber morgen seid ihr nicht vom Unterricht befreit, das sage ich euch, heute war eine Ausnahme!"
Sie will gerade in ihr Zimmer starten, als es an der Haustür klingelt. Ein beigefarbenes Auto parkt an der Straße; zwei Leute, ein Mann und eine Frau, stehen vor der Tür. Sie weisen sich als Angehörige des Verkehrsunfalldienstes der Kreisstadt aus.
„Dürfen wir einen Moment hereinkommen?"
„Ja, natürlich, bitte kommen Sie mit auf die Terrasse, da sind wir ungestört."
Johanna und Malte sehen die Fremden kritisch an.
„Konrad, kannst du mit den Kindern bitte hineingehen? Wir haben etwas zu besprechen!"
„Kommt, Kinder, wir stören hier im Moment." Konrad nimmt beide Kinder an den Händen und geht mit ihnen ins Haus.

„So, nun sind wir ungestört. Worum geht es?"
Die junge Frau ergreift das Wort.
„Es geht, Sie können es sich sicher denken, um den Unfall, den Ihr Mann am Freitag gehabt hat. Der Fahrer des Lkw hat angegeben, Ihr Mann habe ihm die Vorfahrt genommen, deshalb sei es zu der Berührung mit dem Fahr-

rad gekommen. Ihn treffe an der ganzen Sache keinerlei Mitschuld, ich zitiere 'wenn dieser Mann nicht so gerast wäre, hätte ich ihn nicht erwischt', Zitat Ende.
Wir müssen nun unbedingt mit Ihrem Mann sprechen, um den Vorgang zu rekonstruieren, am Unfallort war Ihr Mann ja leider nicht vernehmungsfähig!" Ein gewisser Vorwurf schwingt in ihrer Stimme mit.
Beate verschlägt es fast die Sprache. „Wird da meinem Mann die Schuld an seinem Unfall unterstellt?"
„Nein, nein, bitte verstehen Sie uns nicht falsch, wir unterstellen Ihrem Mann nichts. Aber wir sind natürlich verpflichtet, der Unfallursache auf den Grund zu gehen. Können wir denn jetzt Ihren Mann sprechen? Es wäre wichtig für die Ermittlungen zum Unfallhergang."
Beate ist erschüttert – können die Polizisten denn so schlecht informiert sein?
In ihr steigt Zorn auf, und mit zitternder Stimme antwortet sie:
„Wenn Sie meinen Mann sprechen wollen, dann kommen Sie doch in einigen Wochen oder Monaten wieder vorbei, ich hoffe, bis dahin ist er aus dem Koma wieder aufgewacht. Und jetzt gehen Sie bitte – sofort!"
Die junge Frau und ihr Begleiter sind sichtlich betroffen.
„Das haben wir nicht gewusst, Frau Schaf, bitte entschuldigen Sie; man hat uns falsch informiert." Kleinlaut machen sich die beiden auf den Rückweg ...
Konrad hat das Gespräch aus dem Wohnzimmer heraus mitverfolgt: "Was war das denn? Wer hat die denn geschickt?", und nach einer kleinen Pause: „Du musst dich sofort mit der Firma von Berthold in Verbindung setzen, um mögliche Zeugen zu finden, wer weiß, was sonst rechtlich noch passiert! Oder soll ich das machen, ich könnte natürlich hinfahren ...".
„Das wäre gut!", meint Beate, „damit würdest du uns sehr helfen, und wenn möglich, alles aufschreiben und unter-

zeichnen lassen."

„Ich mach das schon, ich frage mich dort durch, und wenn ich mit allen Kollegen sprechen muss, wir kriegen raus, wie es zu dem Unfall kam."

Beate umarmt ihren Schwiegervater. „Wenn ihr jetzt nicht hier wäret …!"

Es ist noch früher Nachmittag, als sich Konrad auf den Weg zum Einkaufszentrum macht.

Es ist schwierig, dort in der Warenannahme und in der Verwaltung bei Bertholds Kollegen Leute zu finden, die am Freitag zur Zeit des Unfalls gearbeitet und dann auch noch zufällig etwas gesehen haben, es war gerade die Zeit, in der die meisten Mitarbeiter auf dem Weg zur Arbeit waren - nur die Männer in der Warenannahme arbeiteten bereits.

„Ich habe nur gesehen und gehört, dass der Lkw hart gebremst hat. Von Berthold habe ich gar nichts bemerkt, er lag da schon unter dem schweren Fahrzeug! Ich bin sofort hin, weil ich befürchtet hatte, dass etwas passiert sei, und dann habe ich ihn gesehen und sofort die Rettung angerufen; die kamen ja auch sofort. Hätte nicht der Fahrer eigentlich sofort die 112 anrufen müssen? Aber der hatte nur sich im Kopf!"

Der schon bejahrte Kollege, Walter Fritzen, war sichtlich erschüttert, als er von Bertholds Zustand erfuhr.

„Der Fahrer des Lkw stieg gleich nach dem Unfall aus und tobte: 'So ein Mist, den habe ich gar nicht gesehen, und jetzt kriege ich meine Tour nicht rechtzeitig fertig!' Er hat sich nur für seine Tour und für seinen Kotflügel interessiert, und das Fahrrad von Berthold hat er mit einem Fußtritt zur Seite geschleudert: 'Konnte der Idiot nicht besser aufpassen?'

Hoffentlich kommt Berthold bald wieder auf die Beine! Der Fahrer jedenfalls hat ihm eindeutig die Vorfahrt genommen, denn schließlich wollte er geradeaus fahren, und der

Lkw wollte abbiegen!"

„Würden Sie mir das unterschreiben?"

Konrad hatte sich alles notiert, was in dem Gespräch wichtig war, und hielt ihm jetzt den Block hin.

„Ich weiß nicht, kann ich da Ärger bekommen?"

„Wieso Ärger? Sie haben schließlich nur gesagt, was Sie gesehen haben."

„Na gut, geben Sie her, ich unterschreibe Ihnen das - hoffentlich macht mein Chef deshalb keinen Stress!"

„Vielen Dank, Herr Fritzen!" Konrad schüttelt dem Mann die Hand, „jetzt will ich auch noch in der Verwaltung fragen, ob jemand etwas gesehen hat. Noch eines: Hat sich die Polizei bei Ihnen auch nach dem Unfall erkundigt?"

„Nein, die haben nur mit dem Lkw-Fahrer gesprochen!"

Kopfschüttelnd macht sich Konrad auf den Weg in die Verwaltung. Eine Sekretärin empfängt ihn: "Zu wem möchten Sie?"

„Am besten direkt zu Ihrem Chef. Ich bin der Vater von Berthold Schaf."

Die Sekretärin, eine junge, hübsche Person mit kastanienbraunen Haaren, perfektem Make-up und ebenfalls perfekt lackierten Fingernägeln, wie Konrad feststellt, telefoniert.

Er fragt sich, wieso die langen Nägel beim Tippen nicht abbrechen ...

„Kommen sie, Herr Monsel hat gerade etwas Zeit!"

Mit ihrem Besucher geht sie einen langen Flur entlang: „Hier, bitte", klopft an die Tür. Nach einem energischen „Ja!" öffnet sie, und Konrad tritt ein.

Ein sportlich-jugendlicher Typ in Jeans und Jackett, so etwa 35 Jahre alt, steht von seinem Schreibtisch auf und kommt ihm entgegen.

„Herr Schaf? Guten Tag. Was kann ich für Sie tun?"

„Guten Tag, Herr Monsel! Es geht um den Unfall meines Sohnes in der Einfahrt zum Markt. Ich suche Zeugen."

„Das wird schwierig werden, fürchte ich. So unmittelbar vor Arbeitsbeginn – die meisten Mitarbeiter waren schon in ihren Büros beziehungsweise im Markt, aber Sie können sich natürlich umhören. Ich wundere mich nur, dass die Polizei das nicht schon längst getan hat!
Aber zunächst ist ja wichtig, dass Ihr Sohn wieder auf die Beine kommt. Was denken Sie denn, wann er wieder arbeiten kann? So ein Beinbruch ist ja kein 'Beinbruch'", er lacht, „kleiner Scherz!"
„Sie haben natürlich recht, so ein Beinbruch ist kein 'Beinbruch'. Aber die Kopfverletzungen sind anscheinend gravierend, er liegt noch im Koma!"
„Oh, das ist schlimm! Da können wir wohl so bald noch nicht wieder auf ihn zählen! Ich brauche dann noch die Krankmeldung, Herr Schaf!"
„Das ist ihm wichtig", denkt Konrad, „Hauptsache, die Formalitäten sind erledigt und der Laden läuft."
Er bedankt sich bei Monsel und verabschiedet sich, um die Mitarbeiter zu befragen, ein mühevolles Unterfangen, das sich bis zum Büroschluss hinzieht. Aber sein Block ist mit den Angaben von Bertholds Kollegen gut gefüllt, und alle Informationen gehen darauf hinaus, dass der Lkw-Fahrer seinen Sohn einfach übersehen hat!
Konrad ruft mit seinem Smartphone kurz bei Hanne an: „Sag, braucht ihr noch etwas aus dem Supermarkt? Ich bin jetzt fertig und könnte noch etwas einkaufen." Sie nennt ihm einige Artikel, und Konrad versucht, die Waren in dem ihm fremden Markt zu finden, was ihm mit Mühe gelingt. „Warum sind die Regale nur immer so schräg angeordnet, man hat ja keinen Überblick", denkt er und landet schließlich an der Kasse.
„Haben Sie am Freitagmorgen etwas von dem Unfall gesehen?", fragt er unverblümt die ältere Kassiererin.
„Das macht sechzehnachtunddreißig. Ja, es war schrecklich, der arme Mann, wie er da gelegen hat. Hoffentlich ist

ihm nicht so viel passiert!" „Ich bin der Vater! Wann haben Sie Feierabend, darf ich Sie dann noch etwas fragen?"
Hinter Konrad wird in der Schlange gemurrt.
„Ja, in zehn Minuten, warten Sie vorn an der Info, ich komme dann dorthin!"
„Bar oder Karte?" „Bar!" Konrad legt den Zwanziger auf das Zahlbrett, aus dem Kleingeldschacht purzelt das Rückgeld in die Schale. „Bis gleich!"

Es dauert. Fast eine halbe Stunde wartet Konrad auf die Kassiererin, bis sie schließlich erscheint. Sie hat sich umgezogen, ihre 'Marktuniform' abgelegt und kommt lächelnd auf ihn zu. „So, dann wollen wir mal, was möchten Sie wissen? Aber zuerst: Wie geht es Ihrem Sohn?"
Konrad ist von ihrer freundlichen-mitfühlenden, offenen Art angetan. „Ach, wissen Sie, er hat leider sehr viel abbekommen, die Verletzungen am Bein und am Arm sind nicht besonders tragisch, aber der Kopf - zurzeit liegt er noch im Koma, sodass wir von ihm überhaupt keinerlei Informationen bekommen können!"
„Das ist ja furchtbar! Der Lastwagen war viel zu schnell, sodass Ihr Sohn überhaupt keine Chance zum bremsen oder ausweichen hatte! Ich kenne den Fahrer vom Sehen, er fährt immer viel zu schnell in die Einfahrt zum Lager, mich hat er auch schon fast einmal erwischt. Hoffentlich zieht ihn die Polizei aus dem Verkehr, der Mann ist wirklich gefährlich!"
Konrad macht sich fleißig Notizen, fragt nach Einzelheiten, fragt dann: „Würden Sie das notfalls auch vor Gericht aussagen?"
Die Kassiererin zuckt zurück. „Vor Gericht? Ich habe noch nie mit dem Gericht zu tun gehabt, das möchte ich, glaube ich, nicht!"
Mit Engelszungen redet Konrad auf sie ein, schließlich willigt sie ein und unterschreibt ihm seine Notizen.

„Darf ich Sie noch auf einen Kaffee einladen? Sie haben mir und meiner Familie damit einen großen Dienst erwiesen!"

Bevor die Frau antworten kann, wird Konrad von Hanne angerufen: „Wo bleibst du denn, wir warten schon mit dem Essen auf dich!" „Tut mir leid, es dauert noch etwas, fangt bitte ohne mich an!" Verärgert legt Hanne auf, und Konrad geht mit der Verkäuferin in die kleine Cafeteria im Einkaufszentrum.

Im Verlauf des Gesprächs ergeben sich keine neuen Gesichtspunkte und Informationen, und nach nicht sehr langer Zeit verabschiedet sich die Frau.

„Danke für den Kaffee, bitte grüßen Sie Ihren Sohn von mir. Mein Name ist Renate, er kennt mich."

Jetzt endlich kann Konrad zurück zu den Seinen starten; Hunger hat er inzwischen auch, aber der Zeitaufwand hat sich wirklich gelohnt. Die Informationen in seinem Notizblock sind hieb- und stichfest, und die Befragten haben alle unterschrieben mit Datum und Uhrzeit!

Kapitel 11
Dienstag, 16. Mai
Klinikum – ITS
07:40 Uhr

Langsam weicht die innerliche Schwärze aus meinem Bewusstsein, nur sehen kann ich immer noch nichts, um mich herum ist alles nach wie vor finster.
Geräusche pulsierender Geräte kann ich hören.
Pchch-poch - pchch-poch – pchch-poch. Mit jedem 'poch' dringt kalte Luft in meine Lungen. Künstliche Beatmung, geht mir durch den Sinn.
„Piep... piep... piep" dringt es von mehreren Geräten in unterschiedlichen Tonhöhen mich ein. Und dieses Geräusch wird unterstützt durch ein Pochen hinter meinem rechten Ohr; das muss mein eigener Puls sein. Schritte nähern sich mir, sehr vorsichtig und leise.
An den Geräuschen in meinem Zimmer kann ich feststellen, dass es früher Morgen sein muss – als ich vor drei oder vier Jahren einige Tage wegen meiner Leistenbruch-OP hier sein musste, habe ich die Prozeduren ja alle mitbekommen.

Stimmen im Hintergrund. „Schwester, notieren Sie Puls, Druck und Sättigung, und dann sehen Sie noch einmal nach dem Kopfverband. Er darf auf gar keinen Fall verrutschen, sonst bekommen wir ein Problem."

Die Stimme scheint dem Dr. Mölders zu gehören.
Ich frage mich, wieso er ein Problem bekommt. Ich bin doch hier der Patient!
Hallo, rufe ich, hören Sie mich?

Keine Reaktion, weder von der Schwester noch von Doktor Mölders. Sie hören mich nicht! Oder sie hören nicht zu, was ja durchaus auch sein kann.

Meine Gedanken schweifen umher. Fest steht, ich bin im Krankenhaus, und wie ich aus der Arztserie im TV weiß, auf der Intensivstation. OK, damit muss ich mich wohl zunächst einmal abfinden. Und so langsam wird mir bewusst, dass ich hier wie eingemauert bin - ich höre zwar alles, spüre auch, was mit mir geschieht, den Schmerz in meinem Bein, an meinem Arm, am und im Kopf, aber die Kommunikation mit den Menschen ist doch sehr einseitig. Ich kann nicht mit meiner Umwelt kommunizieren! Was ich sage, kommt einfach nicht an. Niemand kann mich hören, und niemand kann sehen, wenn ich zum Beispiel eine Hand oder einen Fuß bewege. Nicht einmal die Bewegung meiner Augenlider wird anscheinend wahrgenommen.

Ich versuche, das Durcheinander in meinem Kopf zu ordnen und zu beherrschen. Also: Ich bin auf der Intensivstation des Krankenhauses. Ich bin operiert worden. Ich scheine in einer ernsten, vielleicht sogar bedrohlichen Situation zu sein. Ich bin allein, meine Familie ist nicht hier. Ich kann nicht mit meiner Umwelt kommunizieren, auf keine Art und Weise!.
Ich denke, dieser Punkt ist der Gravierendste in meiner Situation. Mich nicht äußern können - mich nicht äußern zu können, weil ich anscheinend in einer besonderen, tiefen Art von Koma liege!
Diese Erkenntnis schockt mich doch sehr. Koma! Das ist doch schon eine Vorstufe zum Tod! Ich will aber nicht sterben, ich habe eine Familie, ich bin noch ziemlich jung, und wir wollen in sechs Wochen in den Urlaub fahren.
Ich will nicht im Koma sein. Ich will heraus aus meiner Finsternis, aus diesem schwarzen Kokon!

An dieser Situation will ich unbedingt etwas ändern. Aber wie?

Vor langer Zeit habe ich einmal eine Abhandlung über Telepathie und Suggestion gelesen; ich werde versuchen, mich daran zu erinnern. Es gelingt mir nicht, meine Gedanken schweifen immer wieder ab.

Wenn nur diese dauernde Dunkelheit nicht wäre! Ob ich es einmal mit meinen Gedanken versuche, den anderen Menschen etwas mitzuteilen? Einen Versuch ist es wert!

Also, Berthold Schaf, konzentriere dich auf die am nächsten stehende Person, das ist anscheinend der Dr. Mölders, er scheint direkt neben meinem Bett zu stehen.

„Dr. Mölders, sagen Sie etwas zu mir!"

Nichts zu hören von ihm.

„Sprich!"

„Wir sollten noch abwarten!"

Mölders Stimme, eindeutig. Aber ein paar Worte, nicht einmal an mich gerichtet, weil ich es wollte?

Neuer Versuch. Meine Gedanken kreisen nur noch darum, den Mann zu irgendetwas zu veranlassen.

„Dr. Mölders, bitte meinen Puls fühlen!"

Ich spüre, wie eine Hand mein Handgelenk umfasst, einen leichten Druck ausübt.

„Der Puls ist etwas zu niedrig, eventuell müssen wir da noch intervenieren", anscheinend spricht Mölders - Dr. Mölders, so viel Zeit muss sein - zu einer anderen Person im Raum, wahrscheinlich mit einer der Schwestern, die mich zu betreuen haben.

„Engmaschig Puls und Blutdruck kontrollieren, Schwester Carolin!"

„Ja, Herr Doktor!"

Carolin mit 'C' oder mit 'K'? Diese Frage interessiert mich brennend, ich will sie klären.

„Mölders, fragen Sie – Carolin mit 'C' oder 'K'?"

Nach einer kurzen Zeit, in der ich nichts von den Menschen in meiner Nähe höre, nur geschäftiges herumhantieren mit irgendwelchen Apparaturen, kommt plötzlich genau meine Frage von Doktor Mölders an seine Begleitung: „Sagen Sie, Schwester, schreibt sich ihr Name mit 'C' oder mit 'K'?"
Schwester Carolins Stimme klingt etwas verwundert: „Mit 'C', steht doch hier auf meinem Schild, aber warum wollen Sie das wissen?"
Etwas unsicher, nervös antwortet der: „Nur so ..."

Ich versuche, mir Schwester Carolin vorzustellen. Ihre Stimme klingt sehr jung, vielleicht so etwa 25 Jahre mag sie sein. Wahrscheinlich ist sie blond, dezent geschminkt, gut gebaut, nett anzusehen in ihrer Schwesternkleidung – ich würde sie gern einmal ansehen, na ja, vielleicht später, wenn ich wieder gesund bin.

Zunächst einmal bin ich ein wenig stolz auf mich, schließlich habe ich den Arzt zu Aktivitäten bringen können, die er anscheinend nicht geplant hatte und die ihm vielleicht im Nachhinein sogar unangenehm waren.

Diese kurze Aktion war sehr, sehr anstrengend – wieder einmal falle ich sozusagen „in mich zusammen", kann nicht mehr denken, mich nicht mehr konzentrieren, falle in eine völlige Finsternis.

Kapitel 12

Nach meinem "Erwachen" aus dem geistigen Dunkel, in dem ich nach meinem Experiment mit Doktor Mölders war, fühlte ich mich irgendwie erfrischt. Wenn die Dunkelheit um mich herum nicht wäre und ich nicht mit den schrecklichen Kabeln und Schläuchen verbunden wäre, hätte ich wohl sozusagen Bäume ausreißen mögen! Mein Experiment mit Doktor Mölders als Proband vor meiner inneren Finsternis war gelungen – auf zu neuen Versuchen!
Zunächst aber will ich mich auf die Theorie der Telekommunikation und der Telepathie konzentrieren; vielleicht benötige ich dazu aber fremde Hilfe …

Mein lieber Berthold Schaf, so geht das nicht, so haben wir nicht gewettet! Ich als dein „Erfinder" habe dich verunfallen lassen (so sagt man wohl im Polizeijargon), damit du hier im Krankenhaus einmal aus deiner Tretmühle von Familie und Beruf herauskommst, aber nicht, damit du irgendjemanden oder etwas mit 'übersinnlichen' Kräften manipulierst – die besitzt du sowieso nicht, ich habe sie dir nicht zugedacht! Genieße also deine große Pause vom Alltag und sieh zu, dass du wieder gesund wirst!

Bruchstücke aus einem 'Wikipedia'-Artikel fallen mir ein: Telekommunikation ist also die Fähigkeit, mit jemandem zu reden, der überhaupt nicht da ist oder der nichts hören kann oder will, und Telepathie heißt, jemanden - oder et- was – zu beeinflussen, Dinge zu tun oder zu unterlassen, ohne oder sogar gegen seinen Willen!

Also zum Beispiel Doktor Mölders meinen Puls fühlen zu lassen, obwohl er es gar nicht vorgesehen hatte.
Heute will ich aber (obwohl mein Autor dagegen ist!) noch ein kleines Experiment wagen: Mich interessiert nämlich, ob es mir gelingt, durch meine Gedankenkraft mit Beate, meiner geliebten Frau, Kontakt aufzunehmen. Oder auch mit meinen Kindern, die sind wahrscheinlich sensibler …
Wenn mir das gelingen würde, könnte ich endlich wieder mit der Welt kommunizieren!

Jetzt werde ich aber erst einmal von zwei Frauen „bear- beitet“, es scheint gegen Mittag zu gehen, ich höre Teller klappern im Hintergrund. Sie unterhalten sich, während ich hin- und hergebettet werde und der Urinbehälter gewech- selt wird (das Anlegen des Katheters ist mir sehr unange- nehm!), dermaßen intensiv, dass ich keinen klaren Gedan- ken fassen kann - äußern kann ich mich ja sowieso nicht ...
Ja, wenn wenigstens Schwester Carolin da wäre, die ist jedenfalls nicht so grob zu mir, und sie hat eine wirklich sehr angenehme Stimme - ob ich sie herrufen kann?

Soweit es mir bei dem Gequassel der beiden Frauen mög- lich ist, konzentriere ich mich auf Carolin, immer wieder rufe ich sie in meinen Gedanken – vergeblich. Wer weiß denn auch, wo sie sich gerade befindet und was sie dort tut.

OK, dann muss ich versuchen, die beiden Schwestern in ihrem Redefluss zu bremsen!

„Seid endlich still!" In meinen Gedanken brülle ich sie geradezu an, „seid still, es tut mir weh!" Keine Reaktion – die beiden sind so sehr in ihr Gespräch vertieft, dass sie mich nicht aufnehmen können. Was lerne ich daraus: Meine neue Kunst, die ich gerade zu nutzen beginne, funktioniert nicht immer, ja, wenn meine Gegenüber auf etwas anderes konzentriert sind, komme ich mit meinen Gedanken nicht an sie heran.

Endlich, nach einer für mich schier unendlichen Zeit, verlassen mich die beiden Quasselstrippen, wie ich sie gedanklich bezeichnet habe - jetzt endlich kann ich versuchen, mit meiner geliebten Beate in Kontakt zu kommen, aber die ist ja wahrscheinlich ganz weit weg von mir, zu Hause bei den Kindern.

Die Zeit, die ich hier in meiner Finsternis verbringe, dehnt sich unendlich, wird nur unterbrochen, wenn sich von den Menschen auf der Station jemand um mich kümmert, und das ist selten genug.

Eine unendliche Sehnsucht nach meiner geliebten Beate und nach meinen Kindern steigt immer wieder in mir auf, dunkle Gedanken kommen hinzu. Was, wenn ich nie wieder aus diesem schwarzen Kokon herauskomme? Ich will diesen Gedanken nicht weiter verfolgen, ich glaube, er würde mich zerstören ...

Eine Seidenraupe, die sich in ihrem Kokon eingesponnen hat, kommt, soweit ich mich erinnere, irgendwann als Schmetterling heraus, jedenfalls in der Natur. Und ich? Bei diesen Gedanken steigt eine tiefe Verzweiflung in mir auf, und dann wiederum packt mich die Wut - ich will hier raus, wieder hinaus ins Leben, ans Licht, und dazu müssen mir meine Lieben und die Ärzte verhelfen!

Visite! Ich höre es am Stimmengemurmel, an den vielen Schritten, die sich meinem Bett (es ist doch ein Bett, oder?) nähern, inzwischen beginne ich, alles anzuzweifeln.

Ich höre die Stimme von Doktor Mölders, von Schwester Carolin, aber auch noch mir fremde Stimmen.

„Was meinen Sie, Herr Kollege, zu diesem Fall?"

Aha, er hat sich Beistand und Hilfe geholt, ein gutes Zeichen für mich?

„So, wie Sie mir den Fall geschildert haben und was das MRT zeigt, wird der Patient kaum wieder am normalen Leben teilhaben können!" Er scheint ein Laptop mit meinen MRT-Aufnahmen dabei zuhaben ...

In mir schreit alles auf!

„Sehen Sie hier, diese Hirnregion hat massiv gelitten. Der visuelle Cortex ist massiv gequetscht worden, Sie wissen, dass dort die Sinneswahrnehmungen gesteuert werden. Und auch hier, wie Sie unschwer erkennen können, sind Schäden durch die Einblutung entstanden. Sie sollten die Angehörigen informieren, dass der Patient nicht wieder aufwachen wird, und wenn wir die lebenserhaltenden Maßnahmen beenden, muss er nicht unnütz leiden, aber er leidet sowieso nicht! Trotzdem sollten wir noch als letzte Maßnahme versuchen, die Hirnregion zu entlasten!"

Ich möchte schreien, toben, den Menschen schlagen – wie kann der so etwas sagen?

„Da bin ich nicht Ihrer Meinung, Herr Kollege!" Doktor Mölders Stimme klingt etwas gereizt, „wir haben in der Kürze der Zeit noch nicht alle Möglichkeiten ausreizen können, die Blutung ist bereits gestillt, und jetzt gilt es, den Druck herauszunehmen!"

Die Stimmen entfernen sich langsam: „Und wie wollen Sie das bewerkstelligen?" ist das Letzte, was ich verstehen kann.

Da bin ich ja gerade noch einmal davongekommen, der Kollege von Dr. Mölders würde mich abschalten, sterben lassen!
Schwester Carolin scheint noch im Raum zu sein, hantiert mit irgendetwas herum, kommt nahe an mein Bett. Und dann sagt sie etwas, über das ich mich sehr freue: „Ich stehe Ihnen bei, wenn die Ärzte solche Überlegungen äußern, und Doktor Mölders ist ja auch auf Ihrer Seite!" Bei diesen Worten streicht sie mir sanft über den Kopf ...

Meine Gedanken arbeiten auf Hochtouren. Diese anscheinend noch sehr junge, sehr sensible Frau kann ich als Medium für meine Kommunikation mit der Außenwelt nutzen, schießt es mir durch den Kopf, ich muss sie nur dazu bringen, noch weiter auf mich einzugehen, einen ersten Schritt ist sie ja vorhin schon gegangen mit ihren Worten!
„Carolin, ich möchte mit dir reden. Carolin, wenn du denkst, dass ich mit dir reden will, setz dich bitte an mein Bett. Carolin! Bitte setz dich an mein Bett!"
Nein, Carolin setzt sich nicht an mein Bett, denn eine andere Schwester betritt mein Zimmer, ich höre es an ihrem leichten Gang, Männer treten energischer auf.

„Agneta, wir wollen den Patienten neu betten, hilfst du mir?"
„Eigentlich muss ich ja auf die Vierzehn, aber ganz kurz kann ich mit anfassen."
Die beiden Frauen heben in Abschnitten meinen Körper vorsichtig an, ziehen das sicher verschwitzte Laken unter mir hinweg, ziehen ein neues auf. Als Letztes hebt Schwester Carolin ganz vorsichtig meinen Kopf an, und Agneta legt das neue Tuch darunter.
Ich muss sagen - auch wenn ich nicht reden kann - so sanft ist seit meiner Zeit als Säugling noch nie jemand mit meinem Kopf umgegangen!

„Ich danke dir, Agneta!" Es ist mir immer angenehm, Carolins Stimme zu hören, da ist so viel Wärme darin, selbst bei derart praktischen Aussagen! Sollte ich mich in diese Stimme ein wenig verliebt haben?
Quatsch, sage ich zu mir, das macht die Einsamkeit und dieses 'Eingesperrtsein'. Ich liebe nur meine Beate und meine Kinder! Punkt!
„Ich komme gleich nach!" ruft meine Carolin ihrer Kollegin noch hinterher.
„Meine Carolin?" Ich glaube, mein Verstand bringt da etwas durcheinander!

Es muss inzwischen Nachmittag sein, denn das Klappern des Geschirrs und das Rattern des Geschirrwagens haben aufgehört, als meine Beate das Zimmer betritt, ich höre ihre Schritte, rieche ihr leichtes Parfum, das ich so liebe.
„Mein Schatz, endlich kann ich dich wiedersehen. Gestern war bei uns sehr viel los, stell dir vor ..." Beate redet, als könne ich normal reagieren, und das ist auch gut so, es gibt mir die Möglichkeit, an der Welt Anteil zu haben.
In einem der stillen Momente versuche ich, mit Beate Kontakt aufzunehmen.
„Bitte befeuchte meine Lippen ein wenig, es ist so trockene Luft hier, bitte, Liebling, meine Lippen anfeuchten!"
Innerlich zucke ich zusammen, als Beate kurz darauf sagt „Ich will dir mal den Mund und die Lippen ein bisschen befeuchten, hier ist ja eine schrecklich trockene Luft im Zimmer".
Ein Erfolg meines Versuches? Das muss ich nochmal versuchen!
„Beate, bitte streiche mir über die Stirn, bitte über meine Stirn streichen!"
„Ach, mein armer Schatz!" und streicht mir über die Stirn.
Treffer! Ich habe schon immer gewusst, dass Beate und

ich auf einer Wellenlänge liegen!

Eine mir fremde Frauenstimme spricht Beate an: „Frau Schaf, Sie möchten bitte ganz kurz zu Doktor Mölders kommen".

Beate steht sofort auf. „Bis gleich, mein Schatz!"

Nach einer kurzen Begrüßung kommt Mölders sofort zum Thema.

„Wir werden Ihren Mann, so wie es zurzeit aussieht, noch eine ganze Weile bei uns behalten müssen. Das bedeutet, wir müssen eine Magensonde legen, damit er uns nicht verhungert, nur Flüssigkeitsverluste ausgleichen, reicht nicht! Und für diese Maßnahme benötige ich Ihr Einverständnis, und noch für vieles andere, was erforderlich ist. Wir werden auch unseren Neurochirurgen bitten müssen, für eine Entlastung des Teils im Gehirn zu sorgen, der durch die Einblutung gefährdet ist, und das ist vordringlich. Wir hoffen natürlich, dass sich dadurch bestimmte Fähigkeiten wieder regenerieren können."

Beate muss diese Nachrichten zunächst einmal verarbeiten.

„Ihr Mann hat keine Patientenverfügung?"

Beate schüttelt den Kopf.

„Dann müssen Sie ganz allein entscheiden, ob wir diese Maßnahmen durchführen dürfen. Aber ich kann Ihnen sagen, dass ohne diese Eingriffe massive, dauerhafte Probleme auftreten können!"

„Da habe ich ja eigentlich keine Wahl, oder?"

Mölders schaut sie nachdenklich an. „Nein, haben Sie nicht. Es sei denn, Sie riskieren eine Verschlechterung seines Zustandes, der ohnehin schon ernst ist - und es verbleibt für die Eingriffe auch nicht mehr viel Zeit!"

„Wird er denn überhaupt wieder aufwachen?" Beate blickt verzweifelt zu Mölders.

„Wir hoffen es sehr, aber ich sehe noch keinen Zeitpunkt

dafür!"

Mölders öffnet die Schublade seines Schreibtisches und nimmt einige eng beschriebene Blätter heraus. „Ich habe die Einverständnis-Erklärungen schon vorbereitet. Nehmen Sie die Unterlagen mit und gehen Sie wieder zu Ihrem Mann. Lesen Sie die Papiere in Ruhe durch; Sie können sie dann im Schwesternzimmer abgeben."

Wie benommen geht Beate zurück in das Zimmer ihres Mannes, nimmt seine Hand. „Ach Berthold, was kommt da noch alles auf uns zu?!"
Natürlich unterschreibt Beate die Papiere, was bleibt ihr denn auch anderes übrig?
Erst am späten Nachmittag fährt sie wieder nach Haus, die Unterlagen in ihrer Handtasche, den Kopf voller Sorgen.

Der Rest des Nachmittags und das Abendessen vergehen ziemlich schweigend, die Stimmung ist sehr gedrückt.
„Johanna, Malte, ihr müsst aber morgen wieder zur Schule!", spricht Beate ihre 'Kleinen' direkt an. „Papa würde zweierlei nicht wollen, denke ich – zum einen, dass wir hier Trübsal blasen und nichts mehr auf die Reihe kriegen, und zum anderen ihr plötzlich die Schule schwänzt, das machen wir nicht! Also: Morgen ist wieder Schule angesagt!"
Große Freude hat sie mit ihren Worten bei den Kindern natürlich nicht ausgelöst, aber immerhin, sie akzeptieren es ohne zu murren. „Aber wir wollen Papa besuchen, so bald es geht." „Versprochen!"

Am Abend, vorher ist sie dazu nicht in der Lage, spricht sie mit Bertholds Eltern die Situation durch, erzählt von ihm, vom Gespräch mit dem Arzt, von ihren Sorgen und Bedenken.

Kapitel 13

Mittwoch, 17. Mai
Klinikum – ITS
07:00 Uhr

Doktor Mölders kommt in mein Zimmer, in Begleitung von zwei oder drei anderen Personen.

„Wir müssen ihn, bevor sich der Neurochirurg mit ihm beschäftigt, in einem guten Allgemeinzustand haben. Unser Eingriff jetzt macht dem Körper sowieso Stress, aber er muss ganz stabil sein dafür! Es wäre nicht gut, wenn sein Kreislauf beim Neurologen versagt, nur weil er wegen allgemeiner Schwäche keine Reserven hat!"

Eine fremde Stimme sagt: „Ich habe OP1 für euch reserviert, hier können wir das nicht machen!"

Man macht sich an mir zu schaffen. „Schwester Agneta, nehmen Sie die Infusion ab, und dann entfernen Sie bitte vorsichtig den Tubus. Halt! Vorher natürlich die Maschine abstellen!"
„Schwester Carolin, Sie entfernen bitte die Messgeräte, auch das Dauer-EEG!"
Sehr professionell, geht es mir durch den Sinn, der Mann hat seine Leute und die Sache gut im Griff.
„Alles fertig? Dann los!"
Meinem Eindruck nach sind wir, die ganze Korona, ich in meinem Bett, über die Flure unterwegs.
Ich werde hochgehoben und umgebettet, anscheinend auf den Operationstisch. Angst kommt in mir hoch, was kommt da auf mich zu?

„Alles wieder wie zuvor anschließen, Puls, Blutdruck, EEG-Helm, einen neuen Zugang. Schwester Nadin, Sie beobachten die EEG-Kurven. Bei der kleinsten Abweichung melden Sie sich! Schwester Carolin, Kreislauf überwachen. Schwester Agneta, die Sonde bereitlegen! Pfleger Manfred, legen Sie die Bestecke für den Schnitt bereit. Wie ein Kommandeur seine Truppen, so organisiert Mölders seine Hilfstruppen.

„Müssen wir sedieren?"

„Wieso, er ist doch ohne Bewusstsein - lasst uns anfangen!" Mölders drängt, er wird wohl noch einen anderen Termin haben.

Mölders scheint zu glauben, dass ich gefühllos, schmerzunempfindlich sei. Irrtum! Ich muss ihm das klarmachen!
Alle Intensität, die ich in meine Gedanken bringen kann, konzentriere ich auf Mölders. „Das geht nicht, ich kann alles fühlen!"
Er stockt, als er den Schlauch für die Gastroskopie einführen will.
„Vielleicht sedieren wir doch etwas. Schwester Agneta, Betäubungsspray, aber nur leicht sprühen."
Ich spüre, wie das kalte, bitter schmeckende Spray in meinen Rachen gesprüht wird, den ich danach nicht mehr fühle.
„Ich führe das Endoskop ein!"
„Liegt die PEG-Sonde bereit?"
„Ja!"
„OP-Leuchte herunter dimmen.
Langsam! Ah ja, da ist ja die Stelle. Sehen Sie die helle Stelle in der Bauchdecke, Schwester Carolin? Da machen wir jetzt einen kleinen Schnitt, vorher lokal betäuben, wer weiß, was der Mann spürt ..."
Kurze Denkpause. „Skalpell!"
Ich spüre, wenn auch nicht sehr schmerzhaft, den Schnitt, der durch die Bauchdecke bis zum Magen führt.
„Wie ist der Kreislauf?" „Stabil."

„Was zeigt das EEG?" „Unauffällig."
„Ich führe jetzt das Röhrchen durch die Bauchdecke in den Magen, bitte das Endoskop gut halten. OK. Ich übernehme jetzt den Faden mit dem Greifer, ziehe ihn langsam hinauf zur Mundhöhle."

Was machen die nur mit mir? Ich habe zwar zurzeit keine Schmerzen, aber die ganze Angelegenheit ist sehr anstrengend und meine Nerven belastend.
ICH WILL AUS DEM DUNKLEN RAUS!
H i l f e!
Es ist wie kurz nach dem Unfall, ich bin völlig down! Aber das interessiert hier niemanden, nicht einmal Schwester Carolin, deren Stimme ich hin und wieder höre.
„So, erster Stepp geschafft!" Doktor Mölders ergreift wieder das Wort. „Sonde anknoten! Danke! Das Endoskop langsam herausziehen, ok! Ich ziehe jetzt den Sondenschlauch in den Magen!"
Er macht sich wieder an meinem Bauch zu schaffen, dort, wo anscheinend das Röhrchen hineingeht. Ich spüre, wie sich etwas von meinem Mund ausgehend langsam immer weiter die Speiseröhre hinunter bis in meinen Magen schiebt. Das ist die Magensonde!
„So, angekommen! Jetzt müssen wir nur noch die Sicherungsplatte im Magen aufklappen und alles wieder zumachen. Und morgen oder übermorgen kann unser lieber Schaf wieder essen, naja, kein Steak, aber Astronautenkost."
Noch etwa zehn Minuten, dann klebt ein Pflaster auf meinem Bauch zur Absicherung des Röhrchens.
„Gute Arbeit, meine Damen! Ihr habt alles toll gemanaged! Jetzt können wir ihn wieder zur ITS bringen, dann kann er sich ausruhen!" Ein leichter Hauch von Humor liegt in seiner Stimme.
Mölders, veralbere mich nicht auch noch zusätzlich!

„Naja, ausruhen ist vielleicht nicht der richtige Begriff, erholen ist wohl besser – ab morgen kann er dann über seinen Bauch gefüttert werden!" Mölders grinst zu Schwester Carolin hinüber, er denkt, wohl auch nicht ganz zu unrecht, dass sie eine besondere Beziehung zu diesem besonderen Patienten hat ...
Er überlässt mich den Schwestern, die mich wieder zurückfahren.
Das transportable Beatmungsgerät wird wieder durch die stationäre Anlage ersetzt, allerdings mit einer Atemmaske und nicht mehr mit dem Tubus, das empfinde ich als sehr viel angenehmer!
„Carolin! Carolin! Bitte meinen Kopf etwas tiefer legen!"
Ich mag so gern ihre Hand spüren, ist das legitim? Gut, das Beate davon nichts weiß!
Tatsächlich kommt Carolin an mein Bett, um das Kopfteil des Bettes etwas niedriger zu stellen, ich spüre ihre weiche, sanfte Hand unter meinem Kopf ...
„Schaf, beherrsche deine Gedanken!"

Mölders kommt noch einmal in mein Zimmer: „Übermorgen müssen wir uns aber spätestens mit den Einblutungen befassen! Im EEG habe ich gesehen, dass die Region des Thalamus belastet wird, und die Blutung ist doch ziemlich Raum fordernd!"
„Mölders, geh doch mit Carolin in die Kantine!"

„Sagen Sie, Schwester Carolin, es ist jetzt schon Mittagszeit, kommen Sie mit in die Kantine?"
Treffer!
Sie willigt ein, und gemeinsam verlassen sie mein Krankenzimmer - ich höre noch einen munteren Wortwechsel auf dem Flur, bevor ich nach der Anstrengung durch die OP in einen tiefen Schlaf versinke und sogar das Dunkel noch dunkler wird ...

Irgendwann, ich habe jedes Gefühl für Zeit und Raum verloren, spüre ich, dass meine Beate bei mir ist. Wieder rieche ich ihr Parfum, das ich so liebe.

„Hallo, liebste Beate!", möchte ich ihr ins Ohr flüstern, „es ist so schön, dass du hier bist, ich bin immer so allein mit meinen Gedanken!"

Beate streicht mir, ich spüre es ganz intensiv, über die Stirn.

„Ach, mein Schatz, wenn ich dich doch bei uns zu Hause haben könnte, hier bist du so allein, und ich weiß nicht einmal, ob du mich überhaupt wahrnimmst oder nur so dahin dämmerst … Das macht mich immer wieder ganz traurig."

Sie unterbricht, trocknet sich ein paar Tränen aus dem Gesicht.

„Die Kinder möchten dich so gern besuchen, aber ich weiß nicht, ob das in Ordnung ist, so, wie du jetzt da liegst! Vielleicht kannst du mir irgendein Zeichen geben, und wäre es nur das Kleinste, damit ich weiß, dass du mich verstanden hast, mir zuhörst!"

Das Pieps-Geräusch der Pulsmessung wird plötzlich schneller, Beate bekommt es mit der Angst zu tun und ruft mit der Klingel, die an Bertholds Bett hängt, Hilfe herbei.

„Was ist los?" Eine Schwester stürmt herein, „was haben Sie gemacht?" Der Vorwurf in ihrer Stimme ist unüberhörbar.

„Nichts, was denken Sie denn?" Beate ist schockiert: „Ich habe ganz leise mit meinem Mann gesprochen, und dann ging das Gepiepe los!"

Die Schwester hantiert ein wenig an den Knöpfen an einem der Geräte herum: „Alles in Ordnung, war wohl ein Fehlalarm …", stellt sie fest. Dann sieht sie Beate nachdenklich an: „Und Sie haben wirklich nichts getan?" „Nein, wirklich nicht!"

Kopfschüttelnd verlässt die Schwester den Raum.
Beate wendet sich wieder ihrem Mann zu. „Berthold, war das das Zeichen von dir?"
Berthold Schaf liegt weiterhin unbeweglich und unbewegt in seinem Bett, nur die künstliche Beatmung ist zu hören - pchch-poch - pchch-poch – pchch-poch, dazu verschiedene Piepstöne von den Geräten zur Überwachung – unverändert die dicken Schläuche der Beatmung und die Kabel zur Kontrolle der Kreislauffunktionen.
Die Zeit verrinnt, Beate will jetzt wieder zurück zur Familie. Sie verabschiedet sich liebevoll von ihrem Mann: „Gut, ich bringe morgen die Kinder mit!"
Sie hat den Satz noch nicht ganz ausgesprochen, als das Gerät wieder spinnt.
Sie setzt sich noch kurz an sein Bett, streicht ihm noch einmal liebevoll über die wirren Haare: „Bis morgen dann!"
Der rasende Puls ist wieder normal, auch die Funktion des Gerätes – sehr zu Beates Verwirrung, natürlich auch zu ihrer Freude.
„Sollte Berthold auf diese Weise mit mir kommunizieren können?"
Sie zweifelt – eigentlich ist das unmöglich, denkt sie; aber der Gedanke daran beschäftigt sie so sehr, dass sie fast an der Auffahrt zum Carport vorbeigefahren wäre.
Sie nimmt sich vor, ihre Empfindungen und dieses Ereignis beim nächsten Gesprächstermin mit dem Arzt anzusprechen, der schon morgen ansteht.

Zunächst aber muss sie erst einmal von ihrem Besuch im Krankenhaus berichten – Neuigkeiten gibt es ja leider nicht zu erzählen, und von der Sache mit Bertholds Puls-Reaktion will sie wirklich nichts sagen …
Aber mit ihrer Ankündigung, dass die Kinder mitdürfen, ruft sie bei den beiden natürlich Freude hervor.

„Meinst du wirklich, Beate? Vielleicht sollte Konrad mitgehen, der kann sich dann um die Kinder kümmern!" Hanne macht einen besorgten Eindruck. „Hast du das mit dem Arzt abgesprochen?"
„Nicht so direkt, aber mit Berthold!"
„Ja, ja, mit Berthold, dem Mann, der keinerlei Geistes- und Körperreaktionen zeigen kann! Mit dem abgesprochen! Ich meine, das ist nicht richtig, was du da vorhast, mit den Kindern!"

„Bitte, Hanne, mach keinen Stress! Konrad kommt mit, und wir machen den Besuch ganz, ganz vorsichtig. Ich will auch nicht, dass Johanna und Malte einen Schock bekommen – aber es ist ihr Vater, dem es zurzeit schlecht geht, und für seine Seele ist dieser Besuch sicher auch wichtig!"
„Wie kommst du denn darauf? Er bekommt doch überhaupt nichts mit!"
„Doch, ich denke schon! Aber ich will mich jetzt nicht mit dir darüber streiten!" beendet Beate das Gespräch und wendet sich ihren beiden Kindern zu.
„Morgen Nachmittag?" „Jaaaa!"

Kapitel 14
Donnerstag, 18. Mai
Büro des ärztl. Direktors
09:30 Uhr

Das versammelte Ärztekollegium blickt interessiert zu Dr. Mölders, der heute als Erster seinen Patienten dem Gremium vorstellt.

„Der Patient Berthold Schaf", setzt er an, und ein Kollege kann sich ein lustig gemeintes 'Bäääh' nicht verkneifen, was ihm einen strafenden Blick des Chefs einbringt - „also Berthold Schaf wurde am Freitag nach einem schweren Verkehrsunfall eingeliefert. Frakturen des linken Unterarms und des linken Beines wurden konventionell versorgt und machen uns keine Sorgen. Ernst ist die Schädelverletzung, hier wurde eine mittelstarke Gehirnquetschung im Bereich des Temporallappens diagnostiziert, hinzu kommt in diesem Bereich eine Raum fordernde Einblutung, die sich auf den Thalamus auswirkt. Die Folge ist, wie Sie sich denken können, ein Totalausfall aller Sinneswahrnehmungen.

Der Patient wird intensiv überwacht, gestern haben wir eine PEG-Sonde gelegt und beginnen heute mit entsprechender Versorgung.

Für morgen ist ein OP-Termin in der Neurochirurgie eingeplant, um den Druck im Schädel zu vermindern; unter Umständen sind weitere neurochirurgische Eingriffe erforderlich."

„Na gut, das haben Sie ja alles im Griff," Professor von Meiers wendet sich dem nächsten Kollegen in der Ärzterunde zu …

Es wird fast zwölf Uhr, bis die „Große Cheflage" zu Ende ist und sich Mölders wieder seiner normalen Tagesarbeit zuwenden kann.

Schwester Agneta hat heute wieder Dienst auf der ITS: „Frau Schaf möchte Sie gern sprechen.“

„Muss das sein, wir sind schon so spät dran mit der Visite! Na los, aber nur kurz, soll reinkommen!“ Er erhebt sich leicht aus seinem Schreibtischsessel und reicht Beate die Hand.

„Ich habe eigentlich nur eine kurze Frage: Dürfen unsere Kinder heute zu ihm?“

„Warum nicht? Wie alt sind Ihre Kinder?“

„Malte ist acht, und Johanna zehn.“

„Da sehe ich kein Problem. Wir haben Ihrem Mann übrigens gestern die Magensonde gelegt, damit er wieder zu Kräften kommt – und die erste Nahrung haben wir ihm auch schon zuführen können, sein Körper kommt gut damit zurecht, wie es bisher aussieht.

Wenn weiter alles planmäßig verläuft, werden wir ihn morgen früh dem Neurochirurgen anvertrauen, damit der Druck auf sein Gehirn nachlässt. Bitte entschuldigen Sie mich jetzt, ich muss zur Visite, man wartet schon. Auf Wiedersehen, Frau Schaf.“

Kapitel 15
Donnerstag, 18. Mai
In der Wohnung
13:15 Uhr

Das Gespräch mit Dr. Mölders hat Beate wieder Mut gemacht – am Nachmittag wird sie mit Konrad und den Kindern wieder herkommen und ihren Berthold besuchen.

Als die Kinder aus der Schule kommen, ist sie schon wieder zu Hause und bereitet zusammen mit Hanne das Mittagessen vor.

Als die ganze Familie am Tisch sitzt, fragt Johanna plötzlich: „Wie kann Papa denn überhaupt essen? Antje hat gesagt, es wird ihm in die Nase gespritzt, und dann geht es in den Magen. Man kann doch keine Kartoffel in die Nase spritzen!“ Sie ist von der Vorstellung völlig entsetzt.

„Das stimmt so natürlich überhaupt nicht, Johanna, das mit der Nase geht ganz anders, und bei Papa ist es noch wieder ganz anders.

Wir wollen jetzt aber erst einmal in Ruhe essen. Was meint ihr: Wollen wir einmal ein Tischgebet sprechen und dabei ganz doll an Papa denken?“

Nachdenkliches Nicken rund um den Küchentisch, und Beate, die schon gefühlte hundert Jahre nicht mehr gebetet hat, spricht das Tischgebet, das sie noch aus ihrer Kindheit kennt - „Komm, Herr Jesus ...“

„Guten Appetit euch allen. Und Papa wird es merken, dass wir alle gemeinsam an ihn gedacht haben!“

Wenn sie alle geahnt hätten, wie sehr Berthold ihre Gedanken gespürt hat, über die große Entfernung hinweg ...

Kapitel 16
Donnerstag, 18. Mai
ITS
13:30 Uhr

Auf der Intensivstation ist heller Aufruhr. Das EEG des Patienten im Zimmer 209 der Intensivstation, Berthold Schaf, zeigt völlig überraschend wilde, für Ärzte und pflegendes Personal nicht nachvollziehbare Ausschläge, abwechselnd mit völlig ebenem Kurvenverlauf. Es scheint, als tobe in bestimmten Hirnregionen zeitweise ein schreckliches Gewitter, und das Ganze ohne eine wie auch immer geartete körperliche Reaktion. Kein Zittern, kein Schwitzen, kein Krampf, kein Zucken – Berthold Schaf liegt in seinem Bett wie immer, ohne jede Regung, nichts sicht- und messbares, nur die Reaktion des Gehirns, die im EEG deutlich zu erkennen ist.

In meinem Kopf arbeitet es, für die Umwelt offensichtlich nicht zu bemerken. Was war das gerade, was da auf mich eingedrungen ist?
Fest steht, es kam von außen, und es kam ganz massiv - ich bin auf so etwas natürlich auch nicht vorbereitet!
Es ist mir leider, sage ich zu mir, nicht möglich, festzustellen, wer oder was das war. Ich weiß nur, dass in meinem Kopf allerhand los ist, nicht umsonst ist die ganze Truppe hier versammelt!
„Mölders, sag etwas, aber du wirst mich deshalb nicht wieder sedieren, ich möchte meinen Verstand behalten! Mölders, hast du mich verstanden?"
Prompt kommt die Anweisung von Mölders an Schwester Christa, anscheinend die Älteste in der Mannschaft.
„Geben Sie ...." Ich verstehe nicht, was er da in meine Vene injizieren will.

„Mölders, lass es, ist unnütz!"
Tatsächlich: Schwester Christa hat das Beruhigungsmittel schon aufgezogen und scheint sich in Richtung auf den Zugang auf meiner linken Hand zu bewegen, an der ich einen leichten Windhauch spüre.
„Oder – er scheint sich ja wieder zu beruhigen, warten wir noch mal ab, erst mal keine Sedierung!"
Puh, das ist ja noch mal gut gegangen! Man hat es aber auch nicht leicht, wenn man so im Koma liegt – ich habe den Gedanken noch nicht ganz zu Ende gedacht, als ich innerlich darüber lachen muss!

> „Berthold, was ist das für ein Unsinn. Man stelle sich vor: Da liegt ein Mensch im Koma und erzählt sich innerlich Witze – könnte das sein? Ich möchte das in meinem Roman nicht noch einmal erleben. Vergiss nicht: Du bist von meinen Gedanken abhängig, nicht ich von Deinen!"

Am späten Nachmittag, so etwa um halb fünf, kommt die Familie ins Krankenhaus zur Intensivstation; Oma Hanne hat sich strikt geweigert, mitzukommen: „Ich kann das nervlich nicht verkraften, wenn mein Sohn so hilflos daliegt!"
Die Kinder finden es zunächst ganz lustig, als sie sich, wie auch die Großen, die grünen Kunststoffkittel, die Hosen und die Schuhe anziehen müssen – verkleiden ist ja immer lustig …
Als sie jedoch Zimmer 209 betreten, schrecken sie zurück, und Johanna fängt spontan an, zu weinen.
Beate nimmt sie in die Arme: „Meine Große, stell dir einfach vor, dass euer Papa schläft, und die Ärzte werden ihn

irgendwann wieder wecken!"
Johanna beruhigt sich - „Ganz bestimmt?" „Ganz bestimmt!" Sie wischt ihre Tränen mit dem Ärmel ihres Pullis ab ...

Malte beginnt sofort, sich für die blinkenden und piepsenden Geräte zu interessieren, denn solch interessantes Spielzeug hat er nicht zu Hause. „Malte, Finger weg!" Entsetzt sieht Opa Konrad, wie sich Malte anschickt, an einem der vielen Knöpfe zu drehen – wer weiß, was da hätte passieren können! „Komm sofort zu mir, Junge!" Konrad ist ziemlich erschrocken.

Es ist einfach schön, meine Lieben hier im Raum zu spüren, es geht eine solche tiefe Wärme und Liebe von ihnen aus - das berührt mich in meinem Innersten.
„Malte, komm zu mir!", sage ich in meinen Gedanken.
„Ja, Papa!", sagt der Junge zum Erstaunen der anderen und kommt an mein Bett.
„Wieso hast du gerade 'ja, Papa' gesagt?" Johanna wundert sich, und auch die Erwachsenen schauen ganz erstaunt.
„Weil Papa gesagt hat, dass ich kommen soll!" Malte ist davon überzeugt.
„Junge, du irrst dich! Papa hat kein Wort gesagt, kann er ja leider nicht, du hast es dir nur eingebildet, weil du ihn so lieb hast!"
Beate will ihren Malte mit diesen Worten wieder auf den Boden der Tatsachen zurückholen.
„Aber Papa -" will sich Malte rechtfertigen, schließlich hat er seinen Papa ganz sicher gehört; Opa Konrad greift schließlich ein: „Ich denke, deine Mama hat recht, mein Kleiner!"

Beate sitzt derweil, zusammen mit Johanna, an Bertholds

Bett, hält seine Hand, und sein Töchterchen streichelt ihm den Arm.

„Johanna, Mama soll die Schwester rufen, die soll das Kopfteil des Bettes etwas höher stellen!"

„Mama, jetzt habe ich Papa auch sprechen gehört! Er hat gesagt, die Schwester soll das Kopfteil höher stellen!"

Beate und Konrad sind verwirrt, und Malte meint: "Siehst du, jetzt hast du ihn auch gehört! Papa kann DOCH reden!"

„Kinder, hört auf mit dem Blödsinn, Papa ist schwer krank und ihr erfindet solche Geschichten! Papa kann weder hören noch sehen, auch nicht reden, ob er fühlen kann, bezweifle ich auch! Also reißt euch zusammen, sonst gehen wir sofort!"

Johanna läuft ärgerlich hinaus auf den Gang der Station, wo sie fast Schwester Agneta umrennt. „Hallo, junge Dame, wohin so schnell?"

„Papa hat gesagt, sie möchten bitte das Kopfteil vom Bett etwas höher stellen!" „So, hat er das gesagt? Kann ich mir nicht vorstellen, dass er geredet hat, aber wir wollen mal sehen …!"

„Nein, geredet hat er nicht, das geht wohl nicht, aber er hat es trotzdem gesagt, und dem Malte hat er vorhin gesagt, dass er zu ihm kommen soll! Aber uns glaubt ja niemand!"

Schwester Agneta geht voraus in Zimmer 209 zum Bett von Berthold: „So, dann wollen wir mal den Kopf etwas höher legen."

Beate und Konrad sind erstaunt über diese Aktion der Krankenschwester, trauen sich aber nicht, etwas zu sagen.

„Seht ihr, die Schwester hat mir geglaubt, ist es so besser, Papa?"

Für ein, zwei Sekunden sind die Pieptöne von Bertholds Puls nicht zu hören.

„Wissen Sie, auf Intensivstationen erlebt man so mancherlei, wundern Sie sich nicht über meine Reaktion auf den Wunsch der Kleinen!" Mit diesen Worten verlässt Schwester Agneta wieder das Zimmer und wendet sich ihrer anderen Arbeit zu.

Die Familie verabschiedet sich gerade von Berthold, als ein Beate und Konrad noch unbekannter Arzt zusammen mit Schwester Carolin das Krankenzimmer betritt.

„Wir müssen den Patienten jetzt versorgen und auch schon den Eingriff morgen früh vorbereiten. Frau Schaf? Gut, Sie jetzt hier zu treffen. Ich bin Doktor Al-Wazir. Wir werden Ihren Mann morgen früh operieren – Sie haben der OP ja bereits zugestimmt, da sind jetzt keine Formalitäten mehr zu erledigen. Ich möchte Sie", er wendet sich Konrad zu, „Sie sind der Vater des Patienten? - nur noch kurz über Verlauf und Folgen des Eingriffs informieren. Also …".

Er will gerade in die Einzelheiten einsteigen, als ihn Konrad unterbricht: „Herr Doktor," Konrad sieht auf das Namenschild am weißen Kittel des Arztes, „Herr Dr. Al-Wazir, das wollen Sie doch sicher nicht jetzt im Beisein der Kinder erklären, oder? So geht das nicht - wir werden jetzt gehen und die Kinder nach Haus bringen, meine Schwiegertochter und ich kommen dann," er schaut auf seine alte wertvolle Taschenuhr, die wie immer an der goldenen Uhrkette hängt, „ich denke so gegen neunzehn Uhr wieder, und dann stehen wir Ihnen zur Verfügung!"

Der noch recht junge Arzt ist verwirrt, seine Zeitplanung für heute Nachmittag kommt gerade durcheinander. Er sieht zu Schwester Carolin hinüber, die ihm mit neutralem Gesichtsausdruck zunickt. „Na gut, dann kommen Sie eben um neunzehn Uhr, ich bin hier auf Station, habe ohnehin Spätschicht".

Was denkt sich dieser Schnösel denn, wen er vor sich hat? Er kann mit meinen Lieben doch nicht so umgehen, Vater hat total recht gehabt, als er ihn zurückgewiesen hat! Ich bin ein wenig traurig, weil meine Lieben schon wieder gegangen sind, aber das lässt sich ja leider nicht ändern, aber dass die Kinder so toll auf meine Ansprache reagiert haben, das freut mich sehr. Die Seele und Empfindsamkeit ist bei Kindern anscheinend noch stärker ausgeprägt als bei Erwachsenen, das muss ich mir merken.

Die Vier sind kaum gegangen, als sich mir fremde Schritte meinem Bett nähern und eine dröhnende Stimme sagt: „Berthold, was machst du denn für Sachen? Dich einfach aus dem laufenden Betrieb herauszubeamen und uns allein mit der Arbeit sitzen zu lassen – ich weiß schon gar nicht mehr, wo mir der Kopf steht!"
Diese Stimme - unüberhörbar: Mein Freund und Kollege Ronald Korthals kommt mich besuchen. Schade, dass ich ihm nicht antworten kann, diese verdammte Finsternis in mir und um mich herum! Ich will versuchen, ihn trotzdem herzlich zu begrüßen, in dem ich versuche, ihm zu suggerieren: 'Danke, Ronald, für die schönen Blumen!'
Ronald und ich haben bei der Arbeit immer viel Spaß miteinander und frotzeln uns auch häufig ein wenig an, er ist mir mehr als nur ein Kollege …
„Schade, Berthold, ich wollte dir eigentlich von den Kollegen einen schönen Blumenstrauß mitbringen, aber hier gibt es leider keine Vasen!"
Er antwortet genau auf der Basis, auf der ich ihm meinen Scherz suggeriert habe. Inzwischen bin ich richtig ein we-

nig stolz darüber, Menschen etwas mitteilen zu können – leider ist das denen nicht bewusst, noch nicht bewusst, meine Fähigkeiten muss ich noch etwas ausbauen.

Ronald ist der Überzeugung, dass ich hören kann, was er mir erzählt. Ich kann das nicht von allen Menschen hier im Krankenhaus sagen - manche Schwestern und auch Ärzte verhalten sich, als sei ich überhaupt nicht da!

„Weißt du, Berthold, dass der Fahrer von dem Sattelzug behauptet hat, dass du ihm vor den Wagen gefahren wärest? So eine Frechheit, aber dein Vater hat schon von allen, die es gesehen haben, die Aussagen protokolliert. Es war ja nicht das erste Mal, dass dieser Mensch so rücksichtslos auf den Hof gedonnert ist!"

Ronald, ich danke die für diese Nachricht, jetzt bin ich aber sehr müde und möchte schlafen, es war in den letzten Stunden doch sehr anstrengend für mich.

„Du bist jetzt bestimmt müde, deine Familie war ja auch schon da; ich werde die anderen im Büro vorsichtshalber von dir grüßen!"

Wie mitfühlend, empfindsam dieser handfeste Bursche doch ist, dem nicht bewusst ist, welche Freude er mir mit seiner offenen und freundschaftlichen Art macht!

„Machs gut, alter Freund, bis demnächst einmal, und komm schnell wieder auf die Beine!" Seine festen, energischen Schritte entfernen sich ...

Die Dunkelheit in mir wird zur absoluten Schwärze, so, als wenn man mich narkotisiert hätte – dann ist nichts mehr.

Als ich mir wieder selbst bewusst werde, sind die Geräusche auf der Station schon auf Nachtniveau herabgesunken. Schwester Agneta und Schwester Carolin kommen herein, wollen mich neu lagern, das Kopfteil niedriger stellen, alle Geräte und Anschlüsse überprüfen – ich komme mir wieder einmal vor wie der Bestandteil einer übergeordneten Maschine!

„Morgen soll er am Kopf operiert werden, er steht um acht Uhr bei Al-Wazir im OP-Plan.“
Schwester Carolin streicht mir sanft über den Kopf – sehr angenehm! „Wir müssen ihm noch den Kopf rasieren, Agneta, holst du schon einmal die Utensilien aus dem Schwesternzimmer? Sie liegen unten links in dem kleinen Regal.“
„O.k., mach ich!“, antwortet Agneta und geht die Sachen holen.
Ich finde es nicht schön, was die beiden wirklich sehr netten Schwestern mit mir vorhaben, aber das ist ja nicht zu ändern, und ich kann mich ja ohnehin nicht dagegen wehren – aber ich werde allen beiden trotzdem freundliche Gedanken senden, vielleicht kommen die ja an …
Mein Kopf wird angehoben, das ist Schwester Agneta, merke ich, und mit einem leichten Brummen geht man mir oberhalb des linken Ohres an den Kopfputz – aber das empfinde ich nicht als besonderen Verlust, das wächst wieder. Ich erinnere, dass ich als Junge schon einmal einen Irokesenschnitt haben wollte …

Wenn ich nur endlich aus der Schwärze meines Daseins freigelassen werde – ich hoffe, dass die OP in der Richtung etwas bringt. Ich will endlich wieder richtig am Leben teilhaben, mit den Menschen reden können, sie sehen und nicht nur hören und fühlen – obwohl mir zumindest dies vergönnt ist, vielleicht bin ich ja zu ungeduldig und erwarte zu viel von meiner Situation!
Nach einer Nacht, die für mich keine Nacht ist, also nach der Nacht, in der (fast) alle Menschen schlafen, will man mich operieren, will versuchen, mich wieder in die reale Welt zurückzuholen, ich setze meine ganze Hoffnung darauf!

Bis jetzt, so habe ich den Eindruck, betrachtet man mich,

nein, ich muss sagen, betrachten mich manche als lebenden Toten oder als nicht-existent, als ein Wesen, das man zwar versorgen, um das man sich aber emotional nicht kümmern muss – jedenfalls habe ich manchmal diesen Eindruck.

Ich werde versorgt, das spüre ich sehr intensiv, man hält mich am Leben, und meine Lieben sprechen auch mit mir, aber eine richtige Kommunikation mit mir ist ja leider nicht möglich, Gefühle kann ich nicht äußern, Reaktionen nicht zeigen, und meine telepathischen Fähigkeiten halten sich ja auch sehr in Grenzen und funktionieren auch nicht immer …

In meiner Dunkelheit, ich würde sagen, wenn ich denn reden könnte, in meinem schwarzen Kokon, aus dem es bisher kein Entrinnen gibt, kreisen die Gedanken – manchmal um meinen Zustand, um meine Lieben, laufen manchmal in die Vergangenheit, eigenartigerweise aber, immer häufiger, in die Zukunft.

Was wird denn sein, wenn der Eingriff, der nun unmittelbar bevorsteht, keinen Erfolg bringt? Oder wenn er meine Lage verschlechtert, meine verbliebenen Fähigkeiten weiter verringert? Oder ich gar dabei mein Leben lassen werde – was wird dann zum Beispiel aus meinen Lieben?

Meine Gedankenwelt ist auf 'Moll' eingestellt, eine tiefe Traurigkeit befällt mich – ich habe zum ersten Mal, seitdem ich diesem Zustand bin, wirkliche Angst um mich; und auch um das, was da auf meine Familie noch an Problemen zukommen mag …

Ich könnte natürlich auch denken, dass die OP erfolgreich verlaufen wird, dass alles wieder so wird, wie es vor dem Unfall war – wieso bin ich nur so negativ in meiner engen Welt? Und wenn es um mich dunkel bleiben würde, ich in meinem Kokon bleiben müsste – könnte ich dann wenigstens mit den Menschen in meinem Umfeld kommunizieren, mich ihnen mitteilen? Ich höre ja alles, was gesagt

und getan wird in meiner Umgebung, nur – wer hört mich? Ich habe keine Ahnung, wie die Operation an meinem Schädel vonstatten gehen wird - wird man ein Loch bohren müssen, um das Blut herauszulassen? Eine erschreckende Vorstellung, leider war ich ja nicht dabei, als dieser Doktor - wie heißt er gleich noch? - ach ja, dieser Doktor Al-Wazir, seine Erläuterungen an Beate und meinen Vater gegeben hat!
Die beiden müssen aber mit der geplanten Vorgehensweise einverstanden gewesen sein, sonst wäre die OP wahrscheinlich abgesagt worden. Aber hätte es denn überhaupt eine Alternative gegeben?

Jetzt will ich versuchen, zu schlafen, soweit man das von mir sagen kann, denn für mein Umfeld schlafe ich ja permanent, aber niemand weiß von dem inneren Aufruhr, von meinen Sorgen und Ängsten, meinen Gedanken – nur manchmal kann ich ja jemanden mit meinem Willen beeinflussen! Wären doch nur die Kinder hier bei mir, sie verstehen mich sehr viel leichter als die Erwachsenen …

Nach einer für mich sehr unruhigen Nacht voller Angst, was die Nachtschwester in ihrem Protokoll in Form der abgelesenen Werte notiert hat, ist mein Geist wieder hellwach. Die Geräusche des Morgens im Krankenhaus dringen auf mich ein, eine mir noch nicht bekannte Schwester kommt an mein Bett: „Guten Morgen, Herr Schaf, ich bin Schwester Daniela! Die Nacht war für Sie nicht so gut, lese ich im Protokoll der Nachtschwester? Das wird ja hoffentlich nach der Operation besser, dann sind Sie ja wahrscheinlich wieder ganz bei uns!"
Es ist sehr wohltuend für mich, so 'normal' angesprochen zu werden, mit einer so fröhlichen Stimme, mit so viel Optimismus im Tonfall.
„Ich werde Sie jetzt für die OP vorbereiten, die in ungefähr

zwanzig Minuten beginnen wird. Sie sind zwar im Koma, aber es ist für Sie besser, wenn ich Ihnen trotzdem schon einmal ein Beruhigungsmittel spritze, dann reagiert Ihr Körper mit weniger Stress. Nachher wird Ihnen die Anästhesistin eine lokale Betäubung verabreichen – eine Vollnarkose geht nicht wegen Ihres schwachen Kreislaufs, und eine Lumbalanästesie geht nicht wegen Ihrer Verletzungen am Oberschenkel …“

Es ist erstaunlich, mit welcher Selbstverständlichkeit diese Schwester Daniela mit mir, zu mir redet - zu mir redet, als sei ich hellwach und voll ansprechbar! Das tut mir richtig gut!

„Schwester, ich freue mich, dass Sie so selbstverständlich, so offen mit mir umgehen, danke!“ Sie hat meine Nachricht leider nicht aufgenommen, scheint mir, jedenfalls erfolgt keine entsprechende Reaktion …

Ich werde wieder einmal transportfähig gemacht.

Kapitel 17
Freitag, 19. Mai
OP1
07:30 Uhr

Ich werde wieder einmal von meinem Bett auf den OP-Tisch gelegt. Ich friere, der Tisch ist schrecklich kalt. Dann beginnt die Vorbereitung der OP - noch bekomme ich alles mit, das Klappern von metallischen Gegenständen, die leisen, aber sehr bestimmten Worte des Dr. Al-Wazir, das Desinfizieren meiner linken Kopfseite. Hoffentlich nicht mit dem schrecklichen gelben Zeug, das man bei meiner Leistenbruch-OP verwendet hat; ich habe viele Tage gebraucht, um die Farbe wieder abzubekommen!
„Haben wir die letzten Aufnahmen aus dem MRT auf dem Rechner?" Dr. Al-Wazir fragt anscheinend den Anästhesie-Assistenten, der ihm, wie mir scheint, zunickt.
„Ja?" „Ja!"
„Alle Geräte liegen bereit?" „Ja", antwortet eine mir unbekannte weibliche Stimme, wohl die OP-Schwester.
„Für das Protokoll:", Dr. Al-Wazir listet auf, „wir haben den Patienten Berthold Schaf, 52 Jahre alt, Gewicht 63 kg. Diagnose: Epiduralhämatom in der linken Schädelseite, deutlich umgrenzt, aber Raum fordernd. Lagerung des Patienten auf der rechten Seite, der Kopf wird fixiert. Vorgehensweise: Der Operateur setzt eine Entlastungsbohrung etwa zwei Zentimeter oberhalb des Ohransatzes. Beginn des Eingriffs um 08:02 Uhr."

Ich höre, wie eine Bohrmaschine eingeschaltet wird, sozusagen im Probelauf.
Alles in mir schreit auf „Nein, nicht ohne Narkose!"
„Ist der Patient sediert?"
„Wir haben lediglich lokal anästhesiert!"

„Al-Wazir, Vollnarkose! Al-Wazir, Hilfe, Vollnarkose! Ich spüre alles!" Mein innerer Aufschrei scheint den Arzt zu erreichen!
„Wir sedieren, dreißig Minuten werden reichen!" geht seine Anweisung an den Narkosearzt.
„Für das Protokoll: Wir sedieren mit …"
Die letzten Worte kann ich schon nicht mehr hören, so schnell wirkt das Narkosemittel.

In die Bohrung wird ein sehr dünner Kunststoffschlauch ganz vorsichtig bis in den Blutstau eingeführt. Dann wird damit ein medizinisches Lösungsmittel eingeleitet, um das sich zwischen Schädelknochen und Hirnhaut angesammelte Blut aufzulösen. Durch die gebohrte Schädelöffnung wird das ganze Gemisch dann wieder ausgespült.
Es dauert einige Minuten, bis dieser Vorgang abgeschlossen ist; anschließend versucht Dr. Al-Wazir mit endoskopischer Technik die Verletzungsstelle zu finden, durch die die Einblutung erfolgt ist. Tatsächlich hat er Erfolg damit und kann die kleine Arterie verschließen, sodass keine weitere Einblutung erfolgen kann.
„Wir machen zu; die Einblutung wurde beseitigt, das Gehirn entlastet. Ende des Eingriffs um 08:28 Uhr. Instrumenten- und Tücherzählung ok, das Blut in die Pathologie. Der Patient geht wieder auf Station. Das Aufwachen dort kontrollieren. Bei Problemen bin ich in meinem Büro zu finden, aber da wird nichts passieren! Und das Protokoll mir bitte kurzfristig zur Unterschrift vorlegen!"

„Na, da sind Sie ja wieder, lieber Herr Schaf! Wir haben uns große Sorgen um Sie gemacht während der Operation am Kopf, Ihre Gehirnfunktionen waren völlig in Aufruhr, aber jetzt sind Sie ja wieder hier! Kann ich irgendetwas für Sie tun?"

Die Worte klingen für mich, als sei ich in einem riesengroßen, hohen Saal, dazu kommt jedes Wort dieser Person als mehrfaches Echo bei mir an!

Dennoch - ich suche in meiner Erinnerung nach der Besitzerin dieser eigentlich sehr angenehmen Stimme – nach einer längeren Zeit fällt mir der Name ein: Schwester Daniela! Schade, dass ich sie immer noch nicht sehen kann - man hatte mir doch versprochen, dass nach der OP alles wieder gut sei?!

Der Kopf schmerzt rasend, so, als wären Dutzende von Güterzügen mit ratternden Rädern und quietschenden Bremsen darin unterwegs, dazu noch mehrere startende und landende Düsenjets – und immer wieder ein Gefühl, als steche jemand in mein Gehirn! Haben die Ärzte einen Fehler gemacht? Ich bedanke mich bei Schwester Daniela für ihre muntere Ansprache, aber ich habe das Gefühl, dass sie mich nicht hören kann - und ich bin immer noch in meiner Schwärze gefangen; die ganze schmerzhafte Operation scheint mir ein Fehlschlag gewesen zu sein!

Gut, ich will nicht ungeduldig sein – vielleicht bin ich ja noch in Narkose, benötigt mein Gehirn noch ein wenig Zeit, um sich zu regenerieren, es scheint mit der OP noch nicht fertig geworden zu sein, ein totales Chaos herrscht in meinen Gedanken!

Ich sehe plötzlich ein gleißendes Licht vor meinem inneren Auge. Für nur Bruchteile einer Sekunde erkenne ich Malte mit Vater im Garten beim Ballspiel, Johanna liest 'Pippi Langstrumpf' - ich kann den Titel gut erkennen -, und Beate hantiert in der Küche, gemeinsam mit Hanna, meiner Mutter. Es ist wie im Kino, aber völlig ohne Ton, und dann habe ich ein Gefühl, als zerfalle ich in viele Tausend Einzelteile, als löse ich mich auf – es ist schrecklich!

Nach dem Ende dieses Albtraumes ist alles im Grunde wieder genau so wie vor der OP: Ich höre alles, ich spüre alles, ich kann mich nicht mitteilen, alle Geräte sind wieder aktiv, mit Ausnahme der Beatmung, auf die hat man verzichtet – kein „pchch-poch - pchch-poch – pchch-poch", aber immer noch viele „piep... piep... piep" in unterschiedlichen Tonhöhen! Und die Dunkelheit ist noch immer um mich herum – kein bisschen Helligkeit, Licht in meiner Finsternis ...
„Schwester Daniela, bitte meinen Mund befeuchten!", versuche ich der wirklich sehr netten Schwester zu suggerieren, und tatsächlich, mit einem Wattestab wird meine Mundhöhle, werden meine Lippen von ihr angefeuchtet.
Allerdings, wie viel schöner wäre da ein richtiger Kuss von meiner geliebten Beate, und sowieso ...!
Ob meine Familie schon informiert wurde? Ich habe zwar keine Uhr, aber es müsste jetzt etwa später Vormittag sein, bald Zeit für das Mittagessen, zu Hause sitzt dann die Familie bestimmt am großen Küchentisch und lässt es sich hoffentlich schmecken!
Es dauert nicht mehr lange, als Schwester Daniela (ist sie jetzt hauptsächlich für mich zuständig und nicht mehr 'meine' Carolin?) zusammen mit einer mir fremden Schwester den Raum betritt.

„Herr Schaf, Zeit für Ihr Mittagessen!"
Ha, ha, Mittagessen, jetzt träufeln sie mir wieder Astronautenkost durch die PEG-Sonde direkt in den Magen!
Ich kann ja leider immer noch nicht schlucken, nicht essen, nicht trinken, das ist eines meiner großen Probleme, deshalb diese Prozedur. Eines ist aber dabei positiv: Ich habe kein Hungergefühl wie zuvor, als die Sonde noch nicht gelegt war.
„Der Patient ist ganz schön durchtrainiert!", bemerkt die fremde Schwester bewundernd (das gefällt mir sehr!). „Oh ja, seine Frau hat Carolin erzählt, dass er sogar im letzten Jahr beim New-York-Marathon mitgelaufen ist!" „Und welchen Platz hat er erreicht?" „Irgendwo um die sechstausend, glaube ich."
Es war, um genau zu sein, ihr beiden, der Platz viertausendneunhundertzwölf, und das von über 48000 Teilnehmern! Da war ich richtig stolz, und meine Freunde und die Familie haben mich gefeiert! Lang, lang ist's her, und jetzt liege ich hier nur noch dumm herum!

> Berthold, ich verspreche dir: Es wird auch für dich noch richtig spannend in deiner Koma-Welt, deinem Kokon, und sowieso – lass dich überraschen!

„Ich habe von Carolin gehört, dass am Nachmittag ein Physiotherapeut unseren Patienten etwas bewegen soll, damit er nicht ganz abschlafft!"
„Wäre ja auch schade um diesen schönen trainierten Körper!"
Wenn die Frau wüsste, dass ich alles mitbekomme, hielte sie sich mit ihrer Bewunderung sicher etwas zurück …
Die Zeit verrinnt langsam, wie an allen Tagen seit meinem Unfall, ich bin aber froh, dass der Lärm in meinem Kopf

wieder aufgehört hat, der war sicherlich eine Folge der Narkose.

Ich habe noch immer nicht erfahren, ob man inzwischen meine Familie informiert hat, dass die OP gut verlaufen ist, die nächste Person, die mein Zimmer hier betritt, soll es mir sagen!

An den Geräuschen auf dem Flur stelle ich fest, dass inzwischen der Nachmittagskaffee verteilt wird, das heißt, es ist etwa vierzehn Uhr. Ich will versuchen, mit Beate und den Kindern Kontakt aufzunehmen, sie sollen kommen, ich sehne mich so sehr nach ihnen ...

Das Geklapper des Geschirrs auf dem Flur vor meinem Zimmer ist gerade beendet, als Beate mit Malte und Johanna hereinkommen, aber ich höre jedoch das Rascheln der grünen Schutzkleidung nicht.

„Papa, Papa!" meine beiden tollen Kinder stürzen sich geradezu auf mich – Beate muss sie ein wenig bremsen: „Vorsichtig, ihr beiden, Papa ist frisch am Kopf operiert, ihr seht doch den Verband, und auch nicht am Bauch berühren, da ist auch etwas gemacht worden!"

Malte und Johanna bremsen ihre überschwängliche Freude ein wenig, wollen aber natürlich sofort wissen, ob denn jetzt alles wieder gut werde. Ich kann ihnen ja leider nicht direkt antworten, das soll Beate für mich übernehmen, der ich meine Gedanken mitteile in der Hoffnung, dass sie sie versteht.

„Wenn ich nicht operiert worden wäre, hätte vielleicht mein Gehirn noch größere Schäden davongetragen, da hat OP anscheinend etwas genützt. Aber, ihr seht selbst, alles andere ist unverändert!"

Beate hat meine Gedanken ziemlich exakt wiedergegeben, nur meine Sorge nicht, dass es so bleiben könnte; aber das hatte ich ihr so auch noch nicht „zugedacht".

„Leider ist noch alles so, wie es war!" Beate ist traurig, hatte sich wie ich mehr von der OP erhofft ...

„Nein, Mama, ist es nicht! Das 'Poch, poch' ist weg, und der Schlauch in der Nase auch, jetzt hat Papa nur noch den Piepser am Finger und so ein Ding auf der Hand, und die Leitungen unter der Bettdecke!" Malte hat das messerscharf erkannt.

„Malte, Johanna, hört ihr mich?"

„Ja, ja, Papa, wir hören dich!" Im Chor antworten mir die Zwei – sie sind einfach wunderbar, tolle Medien für mich, und mir scheint, als könne ich mich nach der OP auch noch deutlicher äußern; ich habe das ja gerade schon bei Beate gemerkt, und da hatte ich mich überhaupt noch nicht angestrengt!

Beate ist über die plötzliche Antwort der Kinder erschrocken.

„Bitte kommt beide vorsichtig zu mir, ich möchte euch so gern in den Arm nehmen!"

Die Kinder haben verstanden, ganz langsam nähern sie sich ihrem immer noch bewegungsunfähig daliegenden Papa, umfassen ihn zärtlich, streicheln ihm den Kopf und über die Bartstoppel, die in den letzten Tagen gewachsen sind.

„Ach, ihr Zwei, ich liebe euch!"

„Wir lieben dich auch, und wir vermissen dich so sehr!"

Sie haben mich schon wieder verstanden, welch ein schöner Nachmittag für mich, und jetzt haben auch meine Liebsten so reagiert, als hätte ich normal mit ihnen gesprochen!

Nach nicht sehr langer Zeit kommt Schwester Daniela herein, und Beate fragt sie: „Können Sie meinen Mann vielleicht mal rasieren lassen? Er ist ja nicht nur krank, sondern sieht auch etwas verwahrlost aus!"

„Das steht für heute am frühen Abend nach der Physiotherapie sowieso auf unserem Programm, und dann können

wir ihn zur Nacht auch schon auf Normalstation verlegen, er ist jetzt völlig stabil!“
Ich höre ein „gebremstes Juhu!“ von meinen Kindern, „dann ist Papa auch bald wieder zu Haus!“

Auch dieser für mich so schöne Nachmittag geht einmal zu Ende, meine Lieben verlassen mich und fahren zurück zu Hanne und Konrad, die sicher schon sehnsüchtig auf Neuigkeiten über mich warten; auf mich wartet nur die Schwärze meines Daseins.

Kapitel 19
Freitag, 19. Mai
Chirurgie-Pflege Zimmer 1201
18:30 Uhr

Es ist Zeit für die Gymnastik, obwohl der Klinikbetrieb schon auf Abendbetrieb gestellt ist; jedenfalls kommt mit festem männlichen Schritt ein Mensch in mein neues Zimmer, in das ich erst vor ganz kurzer Zeit „verlagert" worden bin, und will meine Muskeln reaktivieren, wie er sagt.

„Na, mit dem linken Bein können wir ja noch nicht so viel machen, ich werde die Muskulatur nur etwas von Hand aktivieren können, aber rechts werde ich Dir schon etwas abfordern; eigentlich müssen da ja Patienten auch mithelfen, aber Du entziehst Dich ja jeder Mitarbeit!"

Eigentlich mag ich Menschen nicht, die jede Art von menschlichem Abstand vermissen lassen, so burschikos mit ihren Mitmenschen umgehen, aber ich kann mich ja nicht dagegen wehren.

„Du Eumel," denke ich bei mir, „was bist du denn für einer? Warst du zu lange in der Sauna?"

„Fang an, sonst werde ich mich beschweren", suggeriere ich ihm.

„Dann wollen wir mal, nicht, dass Du Dich noch über mich beschwerst", lacht er vor sich hin und beginnt seine Arbeit an und mit mir.

„Wie wäre es, wenn Du Dich auch ein wenig mit meinen Armen beschäftigen würdest? Sonst bekomme ich noch Muskelschwund", ist mein nächster Vorschlag an den Smartieboy.

„Und jetzt kommen die Arme an die Reihe!", und bewegt (er nimmt wirklich Rücksicht auf meinen frisch operierten Kopf, ein Punkt für ihn) meine Arme; gern würde ich gegenhalten, aber es geht noch nicht, mein Kopf macht nicht

mit!
Er will sich anscheinend gerade verabschieden und hat
schon einen flotten Spruch von sich gegeben, als Schwester Daniela mein neues Domizil betritt.

Mein lieber Berthold, jetzt kommt dein
erster großer Auftritt, pass auf!

„Hallo, Süße!" macht er Daniela an, „dich kenne ich ja
noch gar nicht, wollen wir heute Abend zusammen essen
gehen?"
Ich vermute, dass Daniela ihn ungläubig angesehen hat;
dann kommt ein „ganz bestimmt nicht!" aus ihrem Mund,
und sie tritt an mein Bett: „Was bildet der sich denn ein?"
flüstert sie mir zu.
Irgendwie fühle ich mich jetzt als ein Vertrauter der netten,
immer freundlichen Schwester und suggeriere ihr „Lass
dich nicht auf den ein, er ist ein Spinner!"
„Ja," sagt sie plötzlich, „ja, das denke ich auch!"
„Was denkst Du auch? Ich habe doch überhaupt nichts
gesagt", kommt von der Tür, in der Smartiboy anscheinend immer noch auf ein Date mit der Schwester hofft.
„Was ist denn nun, gehen wir zusammen essen?"
„Troll dich, nein!" Daniela kümmert sich jetzt um meinen
Verband am Kopf und um die Magensonde, desinfiziert
meine Bauchdecke, kontrolliert den Zugang, der noch immer in meiner linken Hand steckt.
Smartiboy gibt nicht auf: „Warum bist Du denn so un-
freundlich? Du könntest auch mal meinen Bauch pflegen,
da hättest Du auch etwas davon!"
Unverschämt, aufdringlich, primitiv, denke ich, und Daniela
faucht ihn an: „Raus hier, ich werde mich über Dich beschweren!"
Seine Schritte nähern sich meinem Bett und damit natürlich auch Daniela. „Nein, Finger weg, Du ...!" Daniela muss

sich anscheinend gegen ihn zur Wehr setzen, was er mit einem Lachen quittiert!

Ich konzentriere mich auf den Typ mit all meiner Geisteskraft, dann suggeriere ich ihm einen starken, messerscharfen Stich in den Unterbauch.

Der Typ schreit plötzlich auf, lässt seine Utensilien fallen, hält sich den Leib.

„Was ist denn mit Dir los, soll ich helfen?" Schwester Daniela fragt ganz nüchtern, professionell.

„Jemand hat mir in den Bauch gestochen, ich habe Höllenschmerzen!"

„Das ist ja mal eine völlig neue Masche, aber so etwas zieht bei mir nicht - hier ist niemand außer unserem Patienten und mir, und von uns hat dir niemand etwas getan, wie du weißt, alles nur Einbildung!"

In meinem Kopf tobt wieder einmal ein Orkan – die Anstrengung ist für mich extrem schmerzhaft, aber der Erfolg ist es wert gewesen.

Er hält sich den Leib und jammert weiter; „Raus jetzt!" ist der einzige weitere Kommentar von Schwester Daniela; Smartiboy rafft seine Utensilien zusammen, rennt hinaus, sich den Leib haltend.

Ich kann förmlich fühlen, wie mich die Schwester, über mein Bett gebeugt, ansieht: „Wie kann das sein, Berthold?"

Dies ist das erste Mal, dass mich hier jemand mit meinem Vornamen anredet, außer meine Lieben natürlich; ich bin ganz glücklich darüber!

Das Ganze war jedoch wieder einmal viel zu anstrengend für meinen Kopf - ich falle erneut in eine tiefe Schwärze ...

Kapitel 20

Sonntag, 21. Mai
Chirurgie-Pflege Zimmer 1201
14:30 Uhr

Meine geliebte Familie, Beate, die Kinder und Vater, - Mutter hat immer noch ihre Probleme mit meiner Situation - kommt endlich wieder zu mir, seit unserer letzten gemeinsamen Stunde ist anscheinend viel Zeit vergangen, an die ich mich in Einzelheiten nicht erinnern kann.
Doch, eines weiß ich: Schwester Daniela hat mich mit meinem Vornamen angeredet, warum eigentlich? Es ist schon sehr verwirrend, mein Leben hier in der Finsternis – erst 'meine' Carolin, dann jetzt Daniela …

Die viele gute, liebevolle, positive Energie, die von meinen Lieben ausgeht, spüre ich geradezu physisch – warme Schauer durchfluten meinen Körper, bringen mich in eine wunderbare, geradezu euphorische Stimmung. Leider hat man den EEG-Helm, der zuvor meine Gehirnströme und damit natürlich auch meine Befindlichkeiten dokumentieren konnte, bei der Operation entfernt und nicht wieder installiert, schließlich bin ich ja nicht mehr in der ITS! Wäre der Helm noch aktiv, würde er auf den angeschlossenen Geräten zeigen, dass es mir zurzeit ganz wunderbar geht, von der Kleinigkeit meines problematischen Gesundheitszustandes einmal abgesehen …
Beate hatte natürlich, wie alle um mich herum und ich sowieso, gehofft, dass mit der OP meine Probleme geringer würden, was leider ja nicht der Fall ist; ein wenig 'Moll' ist schon in ihrer Stimme, wenn sie mit mir spricht.
An diesem Sonntag hat Oberarzt Dr. Mölders Dienst in der Intensiv und kommt auf einen Sprung zu mir, zu uns in die Chirurgie.

„Hallo, Frau Schaf, Herr Schaf, Kinder! Ich wollte nur einmal kurz vorbeischauen und sehen, wie es unserem Patienten nach der OP geht. Darf ich mir die Wunde am Kopf einmal ansehen? Und auch das Bein?
Würden Sie uns für ein paar Minuten allein lassen? Gegenüber ist ein Warteraum, ich rufe Sie dann wieder herein, danke!"

Folgsam verlässt uns meine Familie, ich höre sie noch auf dem Gang reden.
Nach ganz kurzer Zeit steckt Dr. Mölders den Kopf aus der Tür - „Schwester Carolin soll kommen, wir müssen das Bein neu verbinden!"
Carolin, die heute ausnahmsweise auf dieser Station Dienst tut, weil Schwester Agneta ihren freien Sonntag hat, ist nach ganz kurzer Zeit in meinem Zimmer, und zusammen mit Dr. Mölders macht sie sich daran, die noch immer nicht ganz verheilte Wunde am Oberschenkel zu versorgen.
„Wieso heilt das denn nicht richtig ab, Doktor?"
„Kann ich nicht sagen, ist aber noch nicht tragisch, wir können mit ruhigem Gewissen noch abwarten!"
„Und keine Gefahr für eine Sepsis?"
„Glaube ich nicht, aber beobachten müssen wir es schon!"
Sollte da ein neues Problem auf mich zukommen, eine Blutvergiftung am Oberschenkel? Das wäre doch ganz bestimmt gefährlich für mich ...
„Doktor, ist das gefährlich für mich? Ich hänge nämlich trotz allem sehr an meinem Leben!"
Zu meinem Erstaunen stellt Carolin meine Frage: „Aber es ist doch nicht bedrohlich für Herrn Schaf?"
„Zurzeit ganz bestimmt nicht", antwortet der.
Da bin ich ja einigermaßen beruhigt.
„Sie können die Familie wieder hereinbitten, wir sind dann fertig."

Mein Loch im Kopf hat er sich nicht angesehen, wie er es eigentlich geplant hatte - der Mann lässt nach, ich werde ihn aufmuntern müssen.
„Doktor, sing für Carolin ein Lied! Wie wär's mit dem 'St.-James-Infirmery-Blues'? Du magst doch Blues, oder?"
Prompt stimmt er mit seinem wirklich schönen Bariton an:
"It was down in Old Joe's barroom,
on a corner by the square ..."
Ich bin begeistert!
Den Mann habe ich im Griff, mal sehen, wann er das merkt.
Ich kann mir gut vorstellen, dass ihn Carolin ganz entgeistert anschaut: „Was ist denn mit Ihnen los?"
„Ich weiß nicht, mir war danach, es kam mir so in den Sinn!"
Ich höre ihn noch die zweite Strophe trällern, während er hinausgeht ...

Endlich kommen meine Lieben wieder ins Zimmer, an mein Bett, das immer noch mein Gefängnis ist. Wann werde ich endlich freigelassen, ich habe doch überhaupt nichts verbrochen?!
Beate erzählt mir, dass sie unseren alten gemeinsamen Freund Ulrich in Hannover anrufen will, der an der MHH in der Neurochirurgie tätig ist, und ihn um seinen Rat bitten, wie es mit mir weitergehen kann. Damit bin ich natürlich sehr einverstanden und sende meiner geliebten Frau positive Gedanken zu dem Vorhaben, wenn der Bursche auch damals mit meiner Beate zusammen war ...
„Du bist damit doch einverstanden?"

Mein Vater ist mit Johanna und Malte in die Cafeteria gegangen, die 'Kleinen' möchten ein Eis essen, und ihm fehlt sein Nachmittagskaffee, so sind Beate und ich allein in meinem Zimmer.

„Ich werde dich jetzt ganz lieb umarmen, erschrick bitte nicht, ich sehne mich so sehr nach dir!“
Beate umfasst mich ganz liebevoll, den rechten Arm unter meinen Hals gelegt, den linken über meine Brust – ach, ist das schön, so liebevoll umarmt zu werden! Und jetzt noch küssen, wünsche ich mir von ihr – und schon ist es passiert: „Beate, ich liebe dich so sehr!“
„Heute bist du jedenfalls nicht so ganz stoppelbärtig wie am Freitag, das war ja furchtbar!“
Beate streichelt mich ganz zart unter der Bettdecke – meine Gedanken dabei kann ich ihr ja leider nicht sagen, aber ich denke, sie spürt schon, wie gut mir das tut.

Kapitel 21

Sonntag, 21. Mai
Cafeteria des Klinikums
15:40 Uhr

Malte, Johanna und Opa Konrad haben sich einen schönen Platz am Fenster gesucht, von dem aus sie in den Staudengarten des Krankenhauses blicken können.

„Was darf ich Ihnen bringen?"

„Für die Kinder je ein Pinoccio-Eis, und für mich ein Kännchen Kaffee, bitte!"

Die nette, etwas ältere Frau geht zurück zum Tresen, um die Bestellung aufzugeben.

Konrad blickt zum Nebentisch, an dem sich zwei Schwestern über einen Patienten unterhalten:

„Findest du nicht auch, Caro, dass unser Schäfchen ein ziemlich interessanter Mann ist? Vor seinem Unfall war der sicher topfit!"

„Ja, und es ist ein Jammer. Wie er jetzt so daliegt, tut er mir immer ganz schrecklich leid ... "

„Sag, hattest du eigentlich auch schon einmal das Gefühl, dass er dir etwas mitteilt, etwas, das du tun oder lassen sollst?"

„Stimmt, wenn du es so sagst! Und ich denke, auch Doc Mölders wird von ihm beeinflusst - stell dir vor, wir mussten vorhin das Bein neu verbinden, und danach hat Mölders plötzlich ein Lied gesungen!"

„Was hat er? Ein Lied gesungen?"

Die beiden jungen Frauen fangen an, lauthals zu lachen.

„Mölders? Gesungen? Zu komisch! Was denn, 'Atemlos durch die Nacht'?"

„Nein, irgendeinen alten Blues-Titel, ich weiß nicht genau."

Die Zwei können sich kaum wieder fangen.

„Ja, Dani, so war es!, und vor ein paar Tagen", ihre Stim-

me wird ganz leise, „hat er anscheinend mit seinen Kindern geredet, und die haben gesagt, sie hätten ihn gehört! Das war schon sehr eigenartig!"
Carolin und Daniela sind plötzlich sehr nachdenklich.
Daniela weiß noch etwas zu berichten: „Am Freitag wollte der neue Physiotherapeut bei mir zudringlich werden, der hat plötzlich aufgeschrien und behauptet, ihn habe jemand in den Bauch gestochen!"
„Wir müssen ihn beobachten, und ich denke, wir müssen auch mit Doc Mölders darüber sprechen."

Die beiden rufen nach der Bedienung, die in der Zwischenzeit schon Eis und Kaffee an den Tisch der Schafs gebracht hat, bezahlen ihre Zeche, sie müssen wieder auf ihre Stationen – und lassen einen sehr nachdenklichen Konrad zurück …
Der bezahlt ebenfalls, dann gehen die drei Schafs zurück zum Fahrstuhl, der sie wieder in den vierten Stock bringt.
In Zimmer 1201 hat Beate mit ihrem geliebten Mann eine sehr schöne Stunde verbracht, soweit das unter den gegebenen Umständen überhaupt möglich war – sie sieht endlich wieder etwas fröhlicher aus, fast so wie vor dem Unfall.
Konrad erzählt nichts von dem in der Cafeteria von den Schwestern Gehörten und drängt zum Aufbruch – Oma Hanne wartet bestimmt schon mir dem Abendessen, meint er.
Die Kinder und er verabschieden sich von Berthold, Beate muss ihm unbedingt noch einen Kuss geben. „Machs gut, mein Liebling. Ich denke, dass ich heute noch bei Ulrich in Hannover anrufe, und morgen komme ich wieder!"

Sonntag, 21. Mai
Im Wohnzimmer
19:00 Uhr

Das Abendessen, das Oma Hanne zubereitet hat, sei einer Sterneköchin würdig, wie Konrad lautstark verkündet. Er ist immer sehr stolz auf die Kochkünste seiner Frau, nicht zu Unrecht.

Hanne ist schon von Natur mit dem Talent zum guten Kochen ausgestattet, aber nachdem sie einen Kurs bei einem Sternekoch in Hamburg besucht hat, sind schon die kleinsten Kleinigkeiten, die sie zubereitet, ganz, ganz hervorragend. Ganz besonders hat sie sich auf eine Kochkunst spezialisiert, die viele Kräuter und Gewürze verwendet …

Heute Abend gibt es für alle Hanne's Spezial, eine Gemüsepfanne der besonderen Art, die sogar den Kindern schmeckt, dazu selbst gemachte Kroketten und kleine, besonders gewürzte Fleischbällchen.

Die Familie ist des Lobes voll, als sie ihr Werk präsentiert, und für den nächsten Tag bleibt leider nichts übrig, wie Konrad bedauernd sagt …

Nach dem Wegräumen des Geschirrs, die Kinder gehen ins Bett, setzen sich die drei Erwachsenen zusammen um den Tisch im Wohnzimmer – der Fernseher bleibt auf Konrads Wunsch hin dunkel.

„Ich muss mit euch über Berthold reden, im Krankenhaus scheint er ein besonderes Gesprächsthema zu werden, und ich verstehe das sogar, hört zu, Mädels!"

Sein Gesprächsauftakt verlangt Aufmerksamkeit, und die beiden Frauen sehen sich vielsagend an: „Was hat Konrad denn nun schon wieder Besonderes?"

„Beate, du erinnerst dich sicher, dass in der vergangenen

Woche die Kinder, als wir bei ihm waren, uns weismachen
wollten: 'Papa hat gesagt!'. Wir haben sie zurechtgewie-
sen, und sie waren deswegen traurig.

Heute waren die beiden mit mir in der Cafeteria, während
du, Beate, bei Berthold warst. Am Nebentisch unterhielten
sich die beiden Schwestern, die wir auch schon bei ihm
gesehen haben, über ihn.

Die Quintessenz ihres Gesprächs: Berthold hat zurzeit
übersinnliche Kräfte, er manipuliert das Personal und vielleicht auch uns!"

Hanne ist erschrocken und weist diese Vermutung vehe-
ment zurück: „Wie kannst du nur so etwas sagen, Konrad!
Unser Sohn spinnt doch nicht, die bilden sich das alles nur
ein und machen sich damit interessant! Beate, sag du
auch mal etwas dazu!"

„Ich weiß nicht, was ich dazu sagen soll, Hanne, Konrad!
Ich war ja heute längere Zeit mit ihm allein, und auch ich
hatte dabei das Gefühl, als wenn er mit mir spricht und
mich steuert.

Es hat nicht viel gefehlt, und ich hätte mich zu ihm ins Bett
gelegt, wenn das denn möglich gewesen wäre! Er war so
liebevoll zu mir in meinen Gedanken, dass ich meinte, er
spräche zu mir; es war ganz eigenartig, geradezu unwirk-
lich!"

Hanne ist ganz und gar nicht überzeugt: „Beate, denk
doch mal nach! Ihr seid in einer extremen Situation, und
ich kann durchaus verstehen," und sie schaut wissend zu
Konrad hinüber, „ich kann verstehen, dass du Sehnsucht
nach ihm hast und nur zu gern mit ihm auf jede Art in Verbindung treten möchtest, schließlich liebt ihr euch ja sehr!
Aber Suggestion und Zauber? Kann ich mir nicht vorstellen - und will ich auch nicht!"

Minutenlanges Schweigen in Wohnzimmer.
„Wisst ihr was? Ich rufe jetzt bei unserem alten Freund Ul-

rich in Hannover an, vielleicht kann der uns helfen!" Beate nimmt sich energisch das Telefon, sucht das alte Verzeichnis, in dem Berthold die Rufnummern ihrer Freunde notiert hat. „Wo ist das alte Ding nur geblieben?"
Verzweifelt öffnet sie Schublade um Schublade im Sideboard – erfolglos.
„Hast du schon einmal etwas von Internet gehört?" Konrad grinst zu Beate hinüber.
Sie stutzt, fast sich an die Stirn! „Du hast ja so Recht, Konrad, gleich habe ich ihn!"
Sie setzt sich an ihr Laptop, startet die Suchmaschine mit „MHH" und wird sofort fündig. Ein Link auf die Neurologie hat im Register die Rubrik „Mitarbeiter/Innen", und dort findet sie tatsächlich auch ihren gemeinsamen Freund Ulrich Perley, inzwischen Professor und Leiter einer Fachabteilung.
„Ich habe ihn gefunden!"
„Sag ich doch!"
„Ob ich zu dieser Zeit noch anrufen darf?"
„Natürlich", meint Konrad, „um diese Zeit arbeitet er vielleicht sogar noch in der Klinik."
„OK, dann mache ich das jetzt!"
Hanne und Konrad warten gespannt auf das Gespräch.
„0-5-1-1 9-3-2-9-3-5-8"
Nach nur wenigen Sekunden meldet der sich: „Perley hier, guten Abend!"
„Hallo, Ulrich, hier ist Beate Schaf aus Werterfehn!"
Erstauntes kurzes Schweigen am Ende der Leitung.
„Beate! Du?! Da staune ich aber sehr!"
Beate erinnert sich sehr gut an Ulrich, schließlich hat sie mit ihm früher einmal eine Beziehung gehabt!
Er war vor etwa 20 Jahren, sie selbst war damals 21, ein hochgewachsener, sportlich trainierter und sehr gut aussehender Mann; die Beziehung ging auch wegen Berthold in die Brüche, und der hat schließlich und endlich diese

'Konkurrenz' gewonnen.

„Ach Ulrich, das waren Zeiten damals - inzwischen hat sich so vieles verändert!"

„Sicher, aber du bist ganz bestimmt immer noch die hübsche, gut gebaute, fröhliche Person, in die ich damals soo verliebt war!"

„Du alter Charmeur! Danke für die Blumen, aber ich rufe dich heute nicht an, weil ich mir so gern Komplimente anhöre, so wohltuend das auch ist. Wir haben ein Riesenproblem, bei dessen Lösung du vielleicht helfen kannst!"

„Ich helfe gern, du musst mir nur sagen, um was es geht!"

„Ja, lieber Ulrich, das tue ich jetzt, hör zu!". Sie beschreibt die ganze Situation, in der sich die Familie, und natürlich vor allem Berthold, befindet.

„Kannst du nicht mal mit der Klinik Kontakt aufnehmen und dir Berthold ansehen? Ich weiß, das ist ziemlich viel verlangt, aber eine zweite Meinung, denke ich, ist immer gut, und wir kennen auf deinem Fachgebiet sonst niemanden!"

„Ihr habt Glück im Unglück, ab morgen habe ich ein paar freie Tage, deshalb arbeite ich heute auch noch am Abend einige Akten durch. Ich könnte übermorgen zu euch kommen, gib mir bitte eure Adresse."

„Das finde ich wunderbar, Ulrich."

„Sag bitte Ulli zu mir, so wie früher!"

„Ulli, ich freue mich riesig, dass du das für uns tun willst. Hast du etwas zum Schreiben? Also wir wohnen im schönen Werterfehn, in der Goethestraße 14a".

„Ich komme am frühen Nachmittag, denke ich, wenn die Autobahn über Osnabrück nach Meppen frei ist. Falls ich nicht pünktlich sein sollte, rufe ich dich auf dem Handy an, bitte gib mir noch die Nummer".

„0157 62195831".

„Danke, ich freue mich, dann bis übermorgen!"

Konrad und Hanne haben das Gespräch natürlich nur einseitig mitverfolgen können, denn Beate hatte das Telefon nicht auf 'laut' gestellt.

„Erzähl," Hanne ist ganz gespannt, „was hat er gesagt?"

„Ulli, ich meine Ulrich, kommt übermorgen am Nachmittag, dann sehen wir weiter. Und jetzt bin ich entsetzlich müde und erschöpft; ich werde mich jetzt ins Bett legen, es ist ja auch schon halb elf Uhr. Morgen muss ich dann noch mit meinem Arbeitgeber und mit der Versicherung des Lkw -Fahrers sprechen, die sollen mir nicht ungeschoren davonkommen, schließlich hat unser Berthold großen Schaden durch ihn erlitten, und ich muss außerdem Dr. Mölders auf Ullis Besuch schonend vorbereiten, es ist ihm vielleicht nicht recht, wenn ihm ein Fremder ins Handwerk pfuscht ...!"

Beate wendet sich zum Gehen, als Konrad noch einmal nachfragt: „Und du bist wirklich von Bertholds übersinnlichen Fähigkeiten überzeugt?"

„Ich weiß es nicht, aber die Stunde allein mit ihm war so intensiv, die Berichte der Krankenschwestern, von denen du erzählt hast, und dann noch die Ereignisse mit unseren Kindern ..."

Kapitel 23

Dienstag, 23. Mai
Am Frühstücktisch
07:00 Uhr

„Johanna, Malte, beeilt euch", drängt Oma Hanne, „wir wollen doch gemeinsam frühstücken!"
Die Kinder trödeln ein wenig, es gefällt ihnen nicht, dass ihr Schulalltag wieder ganz normal laufen soll; heimlich hoffen sie darauf, von ihrer Mama eine Entschuldigung zu bekommen. Konrad stapft mit schwerem Schritt die Treppe herunter und setzt sich wortlos an den Tisch, den Hanne liebevoll gedeckt hat.
Beate hat gestern Nachmittag noch beim Lieferservice ihres Bäckers angerufen, sodass der Duft nach frischen Brötchen durchs Haus zieht.
Endlich ist die ganze Familie, Berthold natürlich ausgenommen, am Tisch versammelt und versucht, den Tag ganz normal zu beginnen – natürlich dreht sich das Gespräch nur um ein Thema, Bertholds 'übersinnliche' Kräfte, und dabei können auch Malte und Johanna mitreden.

„Wirklich, Oma, wir haben ganz deutlich gehört, dass Papa zu uns gesprochen hat, und es ist gemein, dass ihr uns nicht glaubt! Papa kann mit uns reden, bestimmt!"
„Ist ja gut, Kinder, wenn ich dabei gewesen wäre, könnte ich es vielleicht glauben …"
„Dann komm doch mit, wenn wir ihn wieder besuchen, er freut sich ganz bestimmt, und die Kabel und Schläuche sind auch nicht mehr an ihm dran!" Johanna redet ihrer Oma, die sie wirklich sehr liebt, intensiv zu.
„Gut, dann komme ich mit. Aber jetzt: Ab in die Schule! Und fahrt bitte, bitte ganz aufmerksam und vorsichtig!"
„Ja, Oma, und tschüß!" rufen die Zwei wie aus einem

Mund, setzen sich die Fahrradhelme auf und sind schon mit ihren Rädern unterwegs.

Konrad geht hinüber ins Wohnzimmer und vertieft sich in die Tageszeitung, die „Ems-Nachrichten", während Hanne und Beate die Küche herrichten und mit der Hausarbeit beginnen.

Gegen zehn Uhr ruft Beate in der Klinik an und informiert Dr. Mölders über den Besuch von Ulli. Zu ihrem Erstaunen ist Mölders kein bisschen verärgert, vielmehr meint er: „Wir haben ja gewisse Schwierigkeiten mit Ihrem Mann, vielleicht haben Sie ja schon davon gehört, und da ist eine unvoreingenommene Betrachtung der Sache sicher nur gut!"

Der nächste Anruf geht zur Globus-Versicherung, bei der der Lkw-Fahrer seine Haftpflichtversicherung hat, wie ihr die Polizei auf ihre Nachfrage gesagt hat.

„Globus-Versicherungen, guten Tag! Womit kann ich helfen?"

„Beate Schaf aus Werterfehn! Ich rufe an wegen der Haftpflicht-Angelegenheit gegen den Fahrer des Lkw, der den Unfall mit meinem Mann verursacht hat; sein Name ist Andrej Muller."

„Wann war der Unfall?"

„Am letzten Freitag, am Zwölften, so etwa um 8 Uhr dreißig."

„Bitte einen Augenblick, ich lade mir die Akte auf meinen Bildschirm. Ah ja, da ist sie schon.

Frau Schaf, ich kann Ihnen keine Auskunft erteilen, da muss sich Ihr Mann schon selbst mit uns in Verbindung setzen, es sei denn, Sie legen uns eine Vollmacht zur Auskunftserteilung vor."

„Dies, werte Dame, ist leider nicht möglich, mein Mann liegt seit dem Unfall im Koma!"

„Das tut mir furchtbar leid, ändert aber nichts an der Sachlage. Wenn Sie selbst keine Vollmacht vorweisen können, müssen Sie für Ihren Mann eine vorläufige Vormundschaft beim entsprechenden Gericht beantragen, dann sehen wir weiter!" „Habe ich richtig gehört? Ich soll eine Vormundschaft beantragen, damit Sie mir in der Haftpflichtsache Auskunft geben dürfen? Mir, seiner Ehefrau?"

„Es tut mir wirklich leid, aber da sind mir die Hände gebunden, ich habe meine Vorschriften!"

Wutentbrannt, ohne Gruß, beendet Beate das Gespräch. „Das kann ja wohl nicht wahr sein!"

Konrad, der seine Zeitungslektüre inzwischen beendet hat, schaut ganz erschreckt aus seinem Sessel auf: „Was ist denn los, min Deern?"

Beate berichtet von dem Gespräch mit der Versicherung, und Konrad ist zunächst ebenfalls entsetzt, dann aber fasst er einen Entschluss: „Ich fahre in die Stadt zum Vormundschaftsgericht und kläre die Sache; vielleicht musst du ja nur ein Formular auszufüllen!"

Etwas erleichtert lehnt sich Beate an ihrem Schreibtisch in der Wohnzimmerecke zurück: „Das würdest du tun? Danke, lieber Konrad! Aber vielleicht solltest du vorher anrufen wegen der Öffnungszeiten."

Als Nächstes steht noch das Gespräch mit der Personalleitung der Bijouterie-Kette in Dresden, deren Filiale sie leitet, bevor.

Zu der Personalchefin dort hat sie ein ganz gutes Verhältnis und hofft, eine großzügige Regelung ihrer Arbeitszeit zu erreichen – auf der anderen Seite ist sie natürlich auch auf den Verdienst angewiesen, gerade jetzt, da noch nicht absehbar ist, wann Berthold wieder arbeiten kann.

Ihre Kollegin leitet die Boutique zurzeit, mehrere Zeitkräfte stehen ihnen zur Seite, in dieser Richtung hat sie also nichts zu befürchten, aber auf Dauer geht das so natürlich nicht …

Frau Michelsen in der Zentrale hat sich schon gewundert, wieso Beate in dieser Zeit Urlaub genommen hat, zeigt aber viel Verständnis und Mitgefühl, als sie ihr die Situation schildert.

„Was denken Sie, Frau Schaf, wann Sie uns wieder voll zur Verfügung stehen? Irgendwie müssen wir ja auch planen!"

„Ich weiß es nicht, Frau Michelsen, ich weiß es nicht!", eine gewisse Verzweiflung liegt in ihrer Stimme. „Morgen kommt noch ein Spezialist aus Hannover, den wir persönlich gut kennen, hinzu – vielleicht erfahren wir dann mehr. Ich rufe Sie dann sofort an, jetzt bitte ich Sie noch um einige Tage Geduld mit mir".

Ihre Chefin stimmt zu – wieder ist eine kleine Hürde gemeistert, aber eigentlich war es, wegen der Versicherung, ein unbefriedigender Tag ...

Die Stunden in meinem Gefängnis sind endlos, scheinen nicht zu vergehen; ich habe jedes Zeitgefühl verloren, denn ich höre nichts mehr – ICH HÖRE NICHTS!
Dunkelheit und Stille – eine schreckliche Kombination, nur mein Fühlen funktioniert noch, ich spüre, wenn ich berührt, versorgt werde. Mein ganzes Denken scheint wie eingefroren.
Vor diesem Zustand habe ich gestern Abend noch mitbekommen, wie Essen verteilt und ich selbst versorgt wurde. Einige Zeit danach kam Dr. Al-Wazir in mein Zimmer, hat sich das 'Bohrloch' angesehen, mir unverständliche Worte gemurmelt, dann hat er eine Flüssigkeit auf die kleine Wunde geträufelt, die Stelle wieder verbunden und ist gegangen.
Als er mein Zimmer verlassen hatte, fiel ich wieder einmal in meine absolute Schwärze, und jetzt ist alles viel schlimmer als zuvor; was hat Al-Wazir mit mir gemacht?
In einer Kraftanstrengung versuche ich, mit ihm in Kontakt zu kommen, vergebens, er scheint nicht in Reichweite meiner Gedanken zu sein, oder meine Fähigkeit der Telepathie versagt ebenfalls, und dann könnte ich nicht einmal mehr Hilfe holen, könnte nicht mehr mit meinen Lieben kommunizieren, die Schwestern zur Hilfe veranlassen!
„Carolin!", rufe ich in meinem Grab, „Carolin, hol Hilfe!"

Wenig später betritt Carolin mein Zimmer, ich rieche es an ihrem dezenten Parfum, spüre es an der Art, wie sie mit mir umgeht.
„Carolin, Al-Wazir hat gestern irgend etwas mit der Wunde

gemacht, und ich kann jetzt nichts mehr hören! Carolin, verstehst du mich? Dann gib mir ein Zeichen!"
Und tatsächlich: Carolin klopft mir mit der Hand zwei mal auf den Unterarm – sie hat verstanden.

Mölders scheint zu kommen, Carolin und er untersuchen mich – sehen sich den Kopf an, der aktuell im Bereich der Wunde und auch dort im Inneren ziemlich schmerzt.
Ich spüre, wie mein Bett wieder rollfähig gemacht wird, wohin gehen die mit mir?
Nach einer kurzen Fahrt, auch mit dem Aufzug abwärts, bin ich anscheinend wieder auf der Intensivstation gelandet.

Man schließt die Kabel und Schnüre wieder an, setzt mir den EEG-Helm wieder auf, nur auf das Intubieren wird verzichtet – ich bin also wieder am Beginn meiner Reise – aber alles geschieht für mich absolut lautlos, schrecklich!
Ob Beate schon mit Ulrich gesprochen hat? Sie wollte es ja gestern machen, ich hoffe sehr, vielleicht kann der mir helfen!

Um mich herum ist eine gewisse Unruhe, ich spüre es genau. Hoffentlich gelingt es den Leuten, mich mindestens wieder in den alten Stand zu versetzen.
Jetzt geschieht etwas! Carolin hält meinen Kopf ziemlich fest, und jemand - ist es Dr. Al-Wazir ? - geht mit einem dünnen spitzen Ding ganz vorsichtig in mein 'Bohrloch', ich spüre jeden Millimeter, den das Ding in meinem Kopf zurücklegt.

Eine wahre Explosion von Geräuschen ist plötzlich in meinem Kopf, wie durch ein Wattepolster höre ich Al-Wazir sagen: „Meine Therapie hat leider nicht angeschlagen, heute Abend mache ich noch einen neuen Versuch – irgendwie müssen wir den Schaf doch wieder zum Leben erwecken, so ist das doch auch aus ärztlicher Sicht unbefriedigend! Wir können natürlich auch noch etwas warten, er ist ja nicht in Lebensgefahr ..."

Immerhin, ich höre wieder etwas, und darüber freue ich mich sehr – jetzt können meine Leute kommen; allerdings werden sie sich wundern, dass ich wieder auf ITS bin!

Ein schwarzer Porsche Carrera 911 Cabriolet rollt langsam die Goethestraße herunter, zieht, soweit Menschen in den Gärten oder auf der Straße sind, alle Blicke auf sich.
Vor dem Haus Nr. 14A stoppt er, das satte Brummen des Motors verstummt, und ein sportlicher, braun gebrannter Mann steigt aus, lässt die Tür mit einem satten 'Plopp' ins Schloss fallen.
Der Fahrer sieht sich noch kurz um, bevor er auf den Haus-Eingang zugeht.
Malte, der gerade, wie auch Johanna, von der Schule nach Haus gekommen ist, hat den Wagen sofort bemerkt.
„Boa, ist das eine heiße Kiste! Ein 911er Cabrio. Geil!" Er kann sich kaum wieder einholen in seiner Begeisterung für den Wagen, der da plötzlich vor ihrem Haus parkt, und rennt dem Mann entgegen.
„Hallo, ich bin Malte, und wer bist du?"
Ulrich Perley ist von dieser stürmischen Begrüßung ziemlich überrumpelt, eigentlich hatte er noch den schönen Blumenstrauß aus dem Wagen holen wollen, bevor er Beate und die restliche Familie Schaf begrüßt. Nun, Malte hat ihm mit seinem kleinen Überfall sozusagen das Konzept des Handelns aus der Hand genommen!
„Ich bin Ulrich Perley aus Hannover!" „Sehe ich schon am Nummernschild, wie schnell ist der Wagen denn?"
In der Haustür ist inzwischen Beate erschienen, sieht ihren alten Freund Ulli, geht mit schnellen Schritten auf ihn zu, umarmt ihn freundschaftlich: „Sei uns willkommen, lieber Ulli! Wie war die Fahrt? Ich so froh, dass du uns helfen willst. Komm doch erst mal herein!"

Beates Wortschwall ist kaum zu bremsen, so sehr freut sie sich über ihren Gast.

„Einen Augenblick, Beate, ich habe noch etwas im Wagen vergessen", und geht schnellen Schrittes, um die Blumen für Beate zu holen.

„Die sind aber schön!" Beate freut sich sichtlich, „aber das wäre doch nicht nötig gewesen!"

„Doch, doch, die schönsten Blumen für eine wunderschöne Frau!"

In der Zwischenzeit hat sich der Rest der Familie ebenfalls vor der Haustür versammelt, um den Gast zu begrüßen.

Johanna, die vom Porsche (und auch von Ullis Worten) nicht so begeistert ist wie Malte, flüstert ihrer Oma leise zu: „Oma, was hat der mit Mama vor?"

„Kind, was du wieder denkst! Sie waren früher einmal gute Freunde, mehr nicht, und deine Mama sieht ja auch immer noch sehr gut und jugendlich aus!"

„Ja, ja!" Johanna bleibt misstrauisch.

„Kommt ihr alle herein, oder lieber doch auf die Terrasse? Da können wir viel besser reden, als im Wohnzimmer."

Kurz darauf findet sich die ganze Familie inklusive Gast unter der großen, gelb-weiß gestreiften Markise wieder. Oma Hanne fragt Ulli, ob er schon zu Mittag gegessen habe, was dieser bejaht, und bietet Kaffee und Kekse an. Beate hat den Platz direkt neben ihm eingenommen und bringt, nachdem alle 'Begrüßungs-Formalitäten' erledigt sind, das Gespräch direkt auf Berthold, dessen Unfall, sein Koma.

Ulli hört sich alles sehr interessiert an, fragt dann: „Beate, was meinst du, wann wir zur Klinik fahren sollten?"

„Lass uns noch den Kaffee austrinken und noch einige von Schwiegermutters leckeren Keksen essen, und dann können wir fahren."

„Ok, ich bin bereit!"

Der Kaffee ist gut, Oma Hanne's Kekse sind wie immer

ganz hervorragend, aber Ulli drängt zum Aufbruch: „Wenn wir Bertholds Arzt noch erwischen wollen, sollten wir starten!"

Sie greift sich ihre kleine, modische Handtasche, die sie vor einigen Wochen in 'ihrer' Boutique günstig erstanden hat, beide gehen zu seinem Wagen – Malte sieht neidvoll auf seine Mutter. Ulli hält die Wagentür für Beate auf, ganz Gentleman, sie steigen ein und fahren langsam los; viele Blicke in der Straße folgen ihnen.

Johanna und Oma Hanne sehen dem schwarzen Wagen mit gemischten Gefühlen nach – Beate macht einen sehr entspannten Eindruck, hoffentlich gibt das kein Getuschel in der Nachbarschaft.

„Oma," Johanna kann ihre Neugier nicht mehr bändigen, „Oma, sag: War Mama früher einmal richtig Ullis Freundin, so ganz richtig?"

„Ich weiß es nicht, mein Kind, aber es kann sein, aber Ulli war ja auch Papas Freund damals in Hannover!"

Nachdenklich gehen die beiden wieder zurück ins Haus, wo sie von Konrad erwartet werden, der den Vormittag bis jetzt in der Stadt bei Gericht verbracht hat, um für Beate das Vollmacht-Formular zu erhalten.

„Und, Konrad, warst du erfolgreich?"

„Ja, aber ihr könnt euch nicht vorstellen, wie laut Amtsschimmel wiehern können!"

Kapitel 26

Donnerstag, 25. Mai
ITS
Spätnachmittag

Eine mir noch wohlbekannte, wenn auch schon lange nicht mehr gehörte Stimme ist im Gespräch mit meiner Beate, nähert sich meinem Bett. Ulli! Ulrich Perley! Das EEG zeigt jetzt bestimmt in einigen Regionen gewaltige Ausschläge, so sehr freue ich mich!

Ulli, der Professor, wird mir helfen, da bin ich mir ganz, ganz sicher. Als ich das letzte Mal mit ihm Kontakt hatte, es sind jetzt so etwa drei, vier Jahre vergangen, war er gerade habilitiert worden, und wir waren zu seiner Feier eingeladen, an der wir gern teilgenommen hätten; leider ging es an diesem Tag terminlich nicht, Beate hat es auch sehr bedauert – aber jetzt ist er hier, und er wird mir helfen, da bin ich sicher! Eines darf er jedoch nicht: Erneut mit meinem Schatz flirten wie früher, sie ist da, glaube ich, immer noch etwas 'anfällig'!

„Ulli, ich freue mich riesig, schau nur auf das EEG-Display! Und wenn du meine Botschaft verstehst, nimm meine linke Hand ganz fest."

Ulli nimmt meine linke Hand und hält sie fest: „Na, alter Freund, da sitzt du anscheinend ganz schön in der Patsche! Aber ich verspreche dir: Ich werde mein Möglichstes tun, dir zu helfen!"

Ich glaube, das EEG-Display zeigt extreme Ausschläge, so sehr freue ich mich und hoffe gleichzeitig auf seine Hilfe.

Mölders betritt das Zimmer, inzwischen bin ich so sensibilisiert, dass ich fast alle Menschen, mit denen ich zu tun habe oder die sich um mich kümmern, am Gang, an ihrer Stimme, an ihrem Geruch erkenne. Es müssen sich also, so denke ich, in meinem Gehirn Regionen entwickelt haben, die bis zu meinem Unfall ziemlich brachlagen – ein positiver Nebeneffekt meiner Situation.

„Herr Professor, können wir uns über den Patienten kurz in meinem Büro unterhalten? Dort haben wir auch Zugriff auf die CT- und MRT-Aufnahmen."

Mölders und Ulli gehen hinaus, Beate setzt sich zu mir auf das Bett, streichelt mich, gibt mir einen Kuss, leider nur sehr zurückhaltend, die Kabel und Schläuche hindern doch sehr.

„Noch einen, aber extra lieb!", suggeriere ich ihr – tatsächlich, ich bekomme meinen zweiten Kuss an diesem Nachmittag.

Der Kuss war so schön, dass mir der ganze Körper kribbelt - das habe ich zuletzt zu Hause in unserem Bett erlebt! Eine ungeheure Sehnsucht nach Beates Nähe und Liebe erfasst mich, leider …

„Aber das holen wir alles nach, mein Liebling, wenn ich erst wieder gesund bin versprochen." Beate reagiert auf meine Gedanken mit einem liebevollen Streicheln.

Mölders und Ulli kommen wieder herein.

„Ich denke, lieber Mölders, mit der erweiterten Untersuchung werden wir weiterkommen, Sie sollten für morgen alles vorbereiten. Die Materialien fordere ich gleich in meinem Institut an, dann sind sie morgen früh rechtzeitig hier."

„Herzlichen Dank, Professor! So geht es ja mit unserem Herrn Schaf auch nicht weiter.

Übrigens: Wir haben hier fast alle das Gefühl, das er mit uns telepathisch kommuniziert, manches Mal scheint er uns sogar zu manipulieren!"

„Nun," und Ullis Stimme wirkt auf mich ziemlich nachdenklich, „nun, wir haben einmal in Göttingen einen ähnlich gelagerten Fall gehabt, erinnere ich, auch ein spezielles

Schädel-Hirn-Trauma. Allerdings war damals die Zielsetzung der Manipulationsversuche bösartig, was ja bei diesem Patienten anscheinend nicht der Fall ist. Trotzdem müssen wir ihn natürlich wieder in unsere Welt zurückholen und seine telepathischen Aktivitäten kontrollieren und begrenzen, nicht, dass er noch irgendein Chaos verursacht!"

„Ich denke auch, und wenn Ihre Untersuchungen die gewünschten Ergebnisse bringen, sind wir natürlich ein ganzes Stück weiter - ich werde jetzt für morgen alles vorbereiten, sagen Sie mir, wann wir beginnen wollen!"

„Gegen zehn Uhr müsste das Material hier sein, denke ich. Wollen wir um elf starten? Dann haben wir noch etwas Zeit für die Vorbereitungen."

„Gut, so machen wir es. Bis Morgen, Herr Professor, auf Wiedersehen, Frau Schaf!"

Mölders hat es wieder einmal nicht für notwendig erachtet, sich von seinem Patienten zu verabschieden, getreu dem Motto „der merkt sowieso nichts davon".

Kapitel 27

Beate ist über das Ergebnis des Besuches von Ulli und ihr bei Berthold glücklich. „Ich bin ja so froh, dass du hier bist und ihn aus seinem Koma herausholen kannst, Ulli. Mehr kann man für einen Freund wirklich nicht tun!"
„Langsam, Bea, langsam!" Er hat sie früher, als sie noch zusammen waren und Berthold sie ihm noch nicht abspenstig gemacht hatte, immer liebevoll genannt. „Wir, das heißt Mölders, Al-Wazir und ich wissen überhaupt noch nicht, was meine Untersuchungen morgen ergeben werden, mach dir bitte noch keine zu großen Hoffnungen!"
„Aber er muss doch wieder zurück ins Leben, zurück zu uns allen!" In Beates Stimme schwingt Verzweiflung mit.
„Ich sage ja auch nicht, liebe Bea, dass es nichts bringen wird. In der Medizin gibt es aber immer zu viele und große Unwägbarkeiten, als dass man etwas präzise voraussagen könnte, schon gar nicht im Bereich der Neurologie und Neurochirurgie!"

Beate schweigt bei dieser Nachricht - doch keine Hoffnung? Sie hat gedanklich alles auf diese Karte gesetzt: 'Ulli kann das! Ulli holt meinen geliebten Berthold zu uns zurück!' Und jetzt diese ernüchternden Informationen!
Schweigend gehen die beiden zurück auf den Parkplatz zum schwarzen Porsche. Beate zögert ein wenig beim Einsteigen: „Kannst du mir denn wenigstens ein bisschen Hoffnung machen, Ulli?"
„Ich möchte dich nur vor eventuellen Enttäuschungen bewahren, liebe Bea, aber ich habe nicht gesagt, dass die ganze Aktion erfolglos sein wird!"

Die Rückfahrt in die Goethestraße verläuft ziemlich schweigsam, beide hängen ihren Gedanken nach …

Sie werden von der ganzen Familie empfangen, Fragen über Fragen prasseln auf sie ein – auch Bertholds Eltern und die Kinder wollen natürlich wissen, wie es gelaufen ist.
„Bitte lasst uns doch erst einmal herein und zur Ruhe kommen, und Ulli will auch noch telefonieren."
Der geht durch die Terrassentür hinaus und wählt auf dem Smartphone die Nummer seines Instituts in Hannover:
„Dr. Hansmann, hallo! Gut, dass ich Sie noch im Institut erwische! Ich bin in Emsstadt und benötige hier im Klinikum ganz dringend das Kontrastmittel für ein erweitertes MRT, lässt sich das bis morgen früh machen?"
Der Angerufene zögert einen Moment, fragt nach: „Und die spezielle Ausstattung des Gerätes? Die gibt es dort doch bestimmt nicht!"
„Oh, da war ich vielleicht auf dem falschen Dampfer, die können das ja hier bestimmt nicht darstellen, deren MRT gibt das bestimmt nicht her! Bitte bleiben Sie noch etwas am Platz, ich melde mich gleich noch einmal!"
„Bea, gibst du mir mal bitte die Nummer von Mölders?"
„Kommt", ruft es zurück, dann folgt die Durchwahl von Mölders.
„Herr Mölders, wir haben in Hannover ein spezielles Kontrastmittel entwickelt, das ich bei Herrn Schaf gern einsetzen möchte. Meine Frage: für eine PET, eine Positronen-Emissions-Tomografie haben Sie keine Zusatzausstattung am MRT, oder?"
„Doch, haben wir! Unser Gerät kann das, aber wir haben bisher noch keine Erfahrungen damit gesammelt – einen solchen Fall hatten wir noch nicht!"
„Das ist ja wunderbar, ich kenne das Ding. Dann können wir es so machen wie vorgesehen, gute Nacht!"

Ulli ruft noch einmal in einem Institut an: „Dr. Hansmann, Sie werden es kaum glauben: Die haben hier ein MRT für eine PET, aber noch nie damit gearbeitet! Sie können das Kontrastmittel also schicken – bitte per Kurier an das Klinikum in Emsstadt, zu Händen Dr. Mölders. Ich danke Ihnen, und gute Nacht!"

Er wendet sich wieder der Familie zu: „So, das ist geklärt, morgen werden wir mehr über Bertholds Zustand erfahren, da bin ich ganz sicher. Und jetzt, liebe Bea, werde ich in mein Hotel starten, wir sehen uns morgen - gute Nacht allerseits!"

Beate begleitet ihn noch bis zum Wagen. „Fahr vorsichtig, wir brauchen dich!"

„Schade, dass du WIR gesagt hast, du weißt schon, dass ich dich immer noch sehr mag?"

„Bitte, Ulli, sag so etwas nicht! Ich liebe meinen Berthold und meine ganze Familie, für dich ist da kein Platz!"

„Schade …!" Aber einen flüchtigen Kuss kann er sich doch nicht verkneifen, und Beate dreht sich auch nicht zur Seite dabei ...

Dann fährt er mit seinem Flitzer davon. Beate schaut ihm sinnend hinterher: „War ich zu ablehnend? Ich finde ihn ja auch immer noch sehr attraktiv!"

Es ist inzwischen schon elf Uhr abends geworden, alle sind müde und wollen schlafen gehen.

Hanne setzt sich noch auf ein Wort zu Beate: „Du magst ihn noch immer, stimmt's?"

„Ach, Hanne, ich liebe doch deinen Sohn so sehr, da ist kein Platz für einen anderen, und überhaupt ..."

Hanne sieht sie nachdenklich an: „Das eine schließt das andere nicht unbedingt aus, liebe Beate, und er hat dich nicht ganz ohne Hintergedanken 'Bea', so wie früher, genannt und du ihn 'Ulli'. So etwas kommt nicht von ungefähr. Ist da nicht doch noch etwas Glut unter der Asche?"

Jetzt ist Beate vollends verwirrt.

„Hanne, wir sollten dieses Gespräch beenden, du bringst mich völlig durcheinander. Gute Nacht!"

Mit diesen Worten geht sie hinauf in ihr Schlafzimmer und setzt sich zunächst einmal auf ihr Bett.

„Ach, Berthold, was ist los! Du liegst im Koma und kannst nicht mit uns reden, und der einzige Mensch, der dir helfen kann, macht mir den Hof – ich liebe dich doch so sehr, was soll das denn, diese Verwirrung in meinen Gedanken?"

Von den Ereignissen des Tages erschöpft schafft sie es gerade noch, sich bettfertig zu machen, legt sich in die Kissen und schläft sofort ein.

Mitten in der Nacht hat sie plötzlich das Gefühl, dass jemand mit ihr im Zimmer ist. „Berthold, du – hier?"

„Ich bin's!" Ullis Stimme klingt so sanft, so zärtlich, wie sie seine Worte seit mehr als zwanzig Jahren nicht gehört hat. „DU?"

„Ja, ich, Ulli! Zwanzig Jahre habe ich auf diesen Moment gewartet, jetzt ist er gekommen!"

Er beugt sich über Beate, küsst ihre Stirn, die Wangen, die vollen, erwartungsvoll etwas geöffneten Lippen, legt die Bettdecke zur Seite, streift ihr das Hemdchen ab. Jede seiner Berührungen lässt ein Schaudern durch ihren Körper fluten.

„Komm zu mir", flüstert sie leise, liebevoll. Er setzt sich auf die Bettkante, streichelt sanft ihr Gesicht, den Hals.

„Mama!" ein gellender Schrei ertönt im Haus, „Mama!".

Beate schreckt hoch: „Was war das gerade eben, was war das? Und was war das für ein Schrei, der sie aus ihrem Traum geweckt hat?"

Sie schaltet das Licht an – natürlich ist sie allein. Leise geht sie auf den Flur, der Schrei war eindeutig Johannas

Stimme. Sie öffnet geräuschlos die Tür zu deren Zimmer –
alles ruhig, ihre Tochter schläft tief und fest. Sie geht zurück ins Schlafzimmer, von ihrem Traum und dem Schrei
noch völlig verwirrt. Der Schrei – auch nur Traum?

Was war das, was da mit ihr geschah? Hat sie denn wirklich noch Interesse an Ulli, wenn auch vielleicht nur im Unterbewusstsein?
Ja, Ulli und sie hatten eine kurze, intensive Beziehung vor
vielen Jahren. Der reiche Ulli, Kind sehr betuchter Eltern,
verwöhnt, gebildet, gut erzogen, hat sie damals völlig in
seinen Bann gezogen, und auch, wenn sie sich später bei
allgemeinen Gelegenheiten begegneten, konnte sie ihr
Gefühl für ihn immer noch spüren.
Aber dann, als Ulli zum Studium von Hannover zunächst
nach Göttingen und später in die USA zog, kühlte ihre Liebe deutlich ab, und sie blieben 'nur' Freunde.

Berthold hingegen mit seiner bescheidenen, ruhigen, soli-
den Art war ein Mann, zu dem sie sich schon während ihrer Beziehung zu Ulli ebenfalls hingezogen fühlte. Er hatte
es verstanden, sie für sich zu einzunehmen. Es gab keine
rauschenden Feste im Hause Schaf, aber liebevollen Um-
gang mit der Familie, schöne Stunden mit guten Gesprächen. Hanne und Konrad hatten sie sofort in ihre Herzen
geschlossen, und Bertholds Liebe zu ihr wuchs im Verlaufe der Jahre immer weiter, während die Erinnerungen an
Ulli und seine Familie zurücktraten.
Nein, es gibt wirklich keinen Zweifel: ihre große Liebe war
und ist Berthold, nicht Ulli!

Der Rest der Nacht schenkte ihr einige erholsamere Stunden als ihr Beginn …
Als der Morgen heraufkommt, kann sie frohen Herzens
zum Frühstück gehen, das Hanne schon wieder liebevoll

vorbereitet hat.

„Heute Vormittag wird Berthold von Ulli untersucht, hoffentlich gibt es dann neue, gute Erkenntnisse". Beate blickt in die Runde: „Nachher, wenn ihr aus der Schule zurück seid, wissen wir bestimmt schon mehr!", wendet sie sich an ihre Kinder, „Und jetzt los, der Unterricht wartet nicht!"

Wie neuerdings üblich bei diesem Thema erntet sie wieder mürrische Gesichter von Malte und Johanna.

„Es gibt keinen Grund, mich so grimmig anzusehen, ihr zwei, was denkt ihr denn, wie Papa es finden würde, wenn ihr plötzlich die Schule vernachlässigt? Soweit ich weiß, sind in der nächsten Woche auch Klassenarbeiten fällig, also bitte…!"

„Ja, ja!" Wie aus einem Mund antworten die beiden auf ihre Zurechtweisung, „wir gehen ja schon!"

Die Kinder sind kaum aus dem Hause, als Konrad und Hanne sie noch um einen Moment bitten.

„Liebe Beate, wenn die Untersuchung nachher erledigt ist, würden wir gern heute gegen Abend wieder nach Haus fahren, im Garten wartet viel, viel Arbeit auf Konrad, und ich muss auch mal wieder nach dem Rechten sehen. Wie unsere Rosen aussehen, mag ich mir gar nicht vorstellen! Was meinst du dazu?"

Zunächst ist Beate wie vor den Kopf geschlagen.

Tausend Gedanken gehen ihr durch den Kopf – so vieles ist noch im Zusammenhang mit dem Unfall zu erledigen!

„Ich verstehe euch, liebe Hanne, lieber Konrad! Ihr habt mir so sehr geholfen in den vergangenen zwei Wochen, da kann ich nur danken, und auch eure seelische Unterstützung war für die Kinder und mich sehr wichtig. Danke!"

„Du weißt aber schon, dass wir trotzdem immer für euch zur Verfügung stehen? Notfalls kommen wir ja auch wieder, wenn du etwas nicht schaffen solltest, so weit ist es ja

nicht von Delmenhorst bis Werterfehn!"
„Ich danke euch! Meine Eltern haben sich auch schon zum
Helfen angeboten, darauf kann ich ja auch zurückgreifen,
und die Kinder würden sich über die andere Oma und den
Opa auch so freuen wie über euch!"
Hanne nimmt sie in den Arm: „Dann können wir ja beruhigt
fahren heute Nachmittag. Aber wir müssen uns auf jeden
Fall vorher noch von den Kindern verabschieden!"

Inzwischen ist der Vormittag schon fast vergangen, und
Beates Gedanken sind im Krankenhaus bei Berthold und
Ulli – hoffentlich ist alles in Ordnung und es gibt keine Ka-
tastrophe zu vermelden!
„Ob ich anrufen darf? Es ist ja schon elf Uhr!"

Kapitel 28
Freitag, 26. Mai
ITS
ca. 10:00 Uhr

Pünktlich, wie versprochen, steht Professor Ulrich Perley im Büro von Dr. Mölders.

„Wie war die Nacht unseres Patienten? Die Versorgung über die Sonde hatten Sie gestern doch eingestellt, oder?"

„Natürlich, was denken Sie denn von uns! Und die Kiste aus Hannover ist mit Kurier auch schon angekommen." Mölders ist ein wenig pikiert.

„Das MRT wurde in der Radiologie bereits entsprechend vorbereitet, von uns aus ist alles für die Untersuchung bereit."

„Dann lassen Sie uns jetzt einmal zu unserem Patienten gehen."

Sie gehen gemeinsam zum Zimmer von Berthold hinüber, Schwester Carolin hat hier heute wieder Dienst.

„Guten Morgen, mein lieber Berthold!" Ulli begrüßt seinen alten Freund, als sei der hellwach, und dann: „Schwester, was zeigen die Aufzeichnungen der Nacht? Irgendeine Besonderheit?"

„Ja, so etwa, sehen Sie selbst, so etwa gegen zwei Uhr waren starke Ausschläge im Blutdruck und auch im EEG zu messen, der Puls ging zeitweise auf 170! Nach etwa zwanzig Minuten war dann alles wieder normal, hier sieht man es ganz deutlich!"

„Danke, Schwester", er sieht auf ihr Namensschild, „danke, Schwester Carolin!"

Leider können die Medizinleute nicht an den Diagrammen erkennen, warum meine Werte heute Nacht so in die Höhe geschossen sind: Ich hatte das Gefühl, dass mit Beate etwas nicht in Ordnung sei, ohne definieren zu können, worum es ging; aber die Impulse, die ich trotz der großen Entfernung von ihr empfangen habe, waren für mich besorgniserregend!

Ulli wendet sich jetzt Berthold zu, den er zunächst nicht mehr als Freund, sondern als Patienten betrachten wird.

„Herr Mölders, können Sie den Patienten für die Untersuchung vorbereiten lassen?"

„Ulli, frag Mölders nach meinen Manipulationen."

Ich will unbedingt wissen, ob ich Ulli auch greifen kann, und tatsächlich - Ulli bringt das Gespräch auf dieses Thema.

„Sagen Sie einmal, Herr Mölders: Hatten Sie oder hatte eine der Schwestern je das Gefühl, dass Herr Schaf Sie beeinflusst, manipuliert? Der Vater von Herrn Schaf erzählte davon!"

„Ja, in der Tat! Ich selbst war auch schon sein 'Opfer', obwohl man das natürlich nicht beweisen kann ...".

„Wirklich erstaunlich, mein alter Freund Berthold! Früher war er mit seinen Emotionen immer sehr zurückhaltend, und jetzt dieses!" Ulli ist ziemlich verwundert über die Fähigkeiten seines Freundes.

Nach einer kleinen Denkpause spricht er Dr. Mölders erneut an: „OK, Herr Mölders, lassen Sie uns ans Werk gehen, es ist inzwischen schon kurz vor elf Uhr." Professor Ulli drängt ein wenig zur Eile, denn er will heute noch, nach einem erneuten Besuch bei Beate und Familie, wieder zurück nach Hannover - die Abfuhr, die ihm Beate erteilt hatte, war ziemlich eindeutig.

Schwester Daniela ist heute für die Betreuung von Berthold zuständig und 'entkabelt' ihn für den Transport zur Radiologie. Für mich ist es immer recht angenehm, nicht an den vielen Schnüren zu hängen; ich fühle mich dann richtiggehend frei, wenn man das von einem Menschen in meiner Situation überhaupt sagen kann.

Das Klacken der Bremsen am Bett signalisiert mir, dass es jetzt mit der Untersuchung bald losgehen wird, ich bin gespannt. Vielleicht, hoffentlich kommt ja etwas Positives dabei heraus!

Rattern durch die Flure, das Geräusch der Türen des Fahrstuhls, neue Stimmen, aber auch die von Mölders, Al-Wazir und Ulli.

„Bitte den Patienten auf dem Schlitten positionieren," Ulli übernimmt das Kommando in der Radiologie, „und bis zum Scanfenster vorfahren!"

Mit einem leisen Brummen setzt sich der Schlitten in Bewegung, auf dem man mich festgeschnallt hat. Ich spüre die Vibrationen, die mit einem leichten Ruck enden.

Man setzt mir die Ohrschützer auf (wieso eigentlich, angeblich kann ich doch sowieso nichts hören!), danach ist große Stille. Meine Gedanken gehen zu Beate, und sie schweifen ab zu Ulli, dem Professor und ihrem ehemaligen Liebsten, hoffentlich Ehemaligen!

Jetzt bin ich Ulli, der damals total sauer war, als sich Beate in mich verliebt hatte, also jetzt bin ich genau diesem Freund völlig ausgeliefert. Und wenn er mich auf diese Weise aus dem Weg räumen will? Eine solche Gelegenheit, sich ihrer doch noch zu bemächtigen, bekommt er nie wieder. Andererseits: Ich kann mir nicht vorstellen, dass er bei Beate noch eine Chance hat, ich vertraue ihr da zu einhundert Prozent – aber bei Ulli bin ich mir nicht sicher!

In mir macht sich Angst breit. Was wird nur mit mir geschehen und was mit meiner Familie, wenn ich sterben sollte? Bisher ängstigte mich vor allem die Vorstellung, in meiner Finsternis, meinem schwarzen Kokon bleiben zu müssen - jetzt aber habe ich Todesangst! Diese unbestimmte, nicht zu beschreibende Angst greift in mein ganzes Denken, nichts anderes hat mehr Platz darin, sie schnürt mir das Herz zu, lässt meinen Atem stocken: „Ulli, lass mich nicht sterben!" Fühlt, empfindet er meinen Hilferuf?

Ich spüre, wie mir etwas in den Arm injiziert wird – das Kontrastmittel? Es könnte auch ein Gift sein!

„Wir beginnen mit den Aufnahmen in jetzt genau zwei Minuten", höre ich Ulli sagen – seine Stimme kommt wie durch Watte nur ganz schwach an meine durch den Ohrenschutz bedeckten Ohren.

Hätte er mir Gift injiziert, könnte er sich die Zeitansage sparen!

Nach einer mir unendlich erscheinenden Zeit beginnt das mir schon bekannte rhythmische Rattern, Hämmern des MRT-Gerätes, ergänzt durch einen zusätzlichen unmelodischen Pfeifton – die Zusatz-Kamera des Gerätes, von der Ulli gesprochen hatte.

Die ganze Prozedur dauert, so empfinde ich es jedenfalls, unendlich lange. Endlich endet das hämmernde Geräusch, der Schlitten wird wieder zurückgefahren, die Ohrschützer nimmt man mir ab. Ich lebe!

„Durch das leicht radioaktive Kontrastmittel können wir über die Aufzeichnungen der Zusatzkamera noch viel genauer die Situation im Innern des Gehirns sehen", doziert Ulli, „die PET-Kamera findet mithilfe unseres speziellen Kontrastmittels im Innern des Gehirns die Stellen, an denen es Probleme in Form von Durchblutungsstörungen oder Tumoren gibt, und so können wir dem Patienten gezielt mit Punktionen, Operation oder Medikamenten helfen."

„Dazu noch eine Frage, Professor", ich höre Dr. Mölders Stimme, der sich bisher ganz zurückgehalten hat, „ist die Strahlung nicht gefährlich für den Patienten?"

„Nein", doziert Ulli weiter, „die radioaktive Strahlung des Kontrastmittels belastet zwar den Körper, jedoch zerfallen die Teilchen innerhalb weniger Stunden, sodass die Unter-

suchung trotzdem gut verträglich ist. Herr Schaf wird davon nichts spüren, er ist ja ohnehin im Koma!"
Einmal Professor, immer Professor, denke ich bei mir und ärgere mich maßlos über diesen Spruch von ihm – „er ist ja ohnehin im Koma!"
Ich spüre nichts, hat Herr Professor Ulli gesagt – da ist er auf einem völlig falschen Dampfer. Er mag sich ja mit der Auswertung von Bildern auskennen, aber wie sich sein Zauberelixier in meinem Kopf auswirkt, davon hat er keine Ahnung: Es brennt und kribbelt in Gehirnregionen, von deren Existenz ich bisher keine Ahnung hatte – na ja, ich hatte bisher von meinem Gehirn und seinen Strukturen, seinen Regionen und Funktionen ohnehin keine Ahnung - jetzt aber scheine ich jede einzelne Windung zu spüren, es ist sehr unangenehm!
Ich hoffe nur sehr, dass dieses Brennen und Kribbeln bald aufhört, warum kann ich mich denn nur nicht kratzen ...

Jemand rollt mein Bett wieder zurück, erst in den Fahrstuhl, das zischen der Tür beim schließen, noch ein kurzes Rattern, dann erfolgt wieder das Klicken, mit dem das Bett festgestellt wird. Schwester Daniela befestigt wieder die ganze Kabellage an Arm, Hals, Brust und Kopf, danach bin ich wieder allein in der Stille meines Zimmers.

Während dessen sitzen Ulli, Mölders und Al-Wazir vor den Monitoren im Büro der Radiologie, auch Dr. Finndorf, der Radiologe, ist dabei. Die Monitore zeigen eine riesige Auswahl Bilder von Bertholds Gehirn, für Laien völlig verwirrend, aber Laien sind ja auch nicht anwesend. Dazu kommen noch auf einem Extra-Screen die Aufnahmen der Spezial-Kamera, für die Ulli zuständig ist.
„Hier!" Ulli zeigt mit einem Pointer auf einen Bereich im Zentralhirn, „hier ist etwas nicht in Ordnung. Ich zoome das Areal heran."

Mit einigen Klicks auf der Tastatur vergrößert Ulli das kritische Gebiet mit seinen Strukturen.
„Herr Al-Wazir, was meinen Sie? Was ist das da neben dem Zwischenhirn, dem Diencephalon?"

„Ich bin mir nicht sicher, Herr Professor, ich halte es für einen lokal begrenzten Tumor oder ein tief liegendes Hämatom, auf jeden Fall an einer extrem risikoreichen Stelle!"
„Ich denke, es ist ein intrazerebrales Hämatom, die Aufnahmen der PET-Kamera zeigen es – man sieht deutlich die Auflösung des Kontrastmittels – bei einem Tumor würden wir deutlichere Umrisse erkennen. Wenn meine Vermutung stimmt, müssten wir ganz kurzfristig operieren, beim Tumor haben wir noch ein paar Tage Zeit!"
„Herr Finndorf, Sie kennen sich ja auch mit so etwas aus: Wäre ein Hämatom an dieser Stelle hier vor Ort operabel?"
„Halte ich für ausgesprochen schwierig, Herr Professor, so eine Aufgabe hatten unsere Neurochirurgen, soweit ich informiert bin, noch nicht, oder?" Er schaut zu Al-Wazir hinüber, der den Kopf schüttelt.
„Können wir das kurzfristig abklären? Schließlich ist ein solcher Eingriff lebensbedrohlich, und genau so jede Verzögerung. Kein Wunder, wenn seine visuellen und auditorischen Möglichkeiten versagen!"

Finndorf verlässt den Raum, in dem die übrigen Ärzte weiter die Aufnahmen begutachten, um mit der Neurochirurgie zu telefonieren. Schon nach wenigen Minuten ist er zurück: „Ich habe ganz kurz mit Dr. Masner gesprochen, er sieht für eine derartige OP ebenfalls große Probleme und würde sie nur unter größten Vorbehalten durchführen".
„Und nun? Wollen wir den Patienten im Koma lassen, hoffen, dass er hinüberdämmert und uns so von unserer Verantwortung, wie wir es alle einmal geschworen haben, ent-

bindet? Wenn sich hier im Haus kein Spezialist findet, was ich verstehe, dafür sind Ihre Kapazitäten zu klein, dann müssen wir eben jemanden von außen holen!"

Die im MRT-Raum versammelten Ärzte sehen sich ratlos an. „Kennen Sie denn jemanden, der den Job übernehmen würde? Ich könnte es auch nicht!" Al-Wazir stellt die Frage an Ulli.
„Ich werde nachher telefonieren müssen, aber ich denke, wir finden eine Lösung. Zuerst aber muss ich den Patienten und die Familie informieren, die werden schon auf meine Nachricht warten!"

Kapitel 29

Freitag, 26. Mai
ITS
ca. 14:30 Uhr

Kein Besuch heute in meinem Zimmer, keine Familie, kein Ulli, keine Carolin, keine Daniela! Einsam und verlassen liege ich, wieder verkabelt, in meinem Bett. Mein Rücken schmerzt vom langen Liegen, obwohl man mir immer wieder, gegen das Durchliegen, die ganze Rückenpartie mit Franzbranntwein (ich habe den Geruch noch in der Nase) eingerieben hat. Mein Bein juckt unter dem Gips, in meinem Kopf kribbelt es noch immer, obwohl das nachgelassen hat, und ich habe ein wenig Luftnot.

Ich schätze die Uhrzeit immer nach den Geräuschen auf den Fluren, deshalb war meine Gehörlosigkeit ja auch besonders belastend für mich – aber das ist Gott sei Dank Geschichte, hoffe ich jedenfalls.

Jetzt ist früher Nachmittag, konstatiere ich für mich, und wenn ich Glück habe, kommt gleich eine meiner Lieblingsschwestern herein, oder sogar meine Familie, das wäre wunderbar, dann könnte ich auch mit Johanna und Malte kommunizieren – reden kann man das ja leider nicht nennen.

Anstelle der von mir erhofften Personen kommt Ulli, der Professor und Freund, an mein Bett, setzt sich sogar neben mich.

„Mein lieber Berthold!" Er beginnt zu meinem Erstaunen eine regelrechte kleine Ansprache, „also, mein lieber Berthold, die Untersuchung mit dem PET hat ein leider sehr unerfreuliches Ergebnis gebracht, aus dem wir aber ziemlich eindeutig die Ursache für dein Koma ableiten können!"

Wenn der Mensch nur nicht immer so dozieren würde, bei

Beate täte er es bestimmt nicht!

„Es ist ein Hämatom, ein Bluterguss, wenn du so willst, an einer extrem gefährlichen und schwer zugänglichen Stelle mitten im Gehirn. Es gibt hier im Klinikum niemanden, der sich eine derartige Operation zutraut. Wenn ich dir helfen soll, muss ich einen Spezialisten besorgen, der aber eventuell viel Geld kosten wird, und es gibt trotzdem keine Garantie, dass du die Sache überlebst! Noch eines: Es gibt keine Alternative zur OP, es sei denn, du willst sowieso sterben!

Ich hoffe, dass du alles gehört und verstanden hast, ich traue dir auf diesem Gebiet vieles zu. Gib mir bitte, wenn du darüber nachgedacht hast, ein Signal, egal welcher Art. Ich werde dich in einer Stunde wieder besuchen und erwarte deine Entscheidung. Jetzt muss ich erst einmal kurz zu Bea. Bis nachher!"

„Jetzt muss ich erst einmal kurz zu Bea!" Wie er das gesagt hat! Ich werde von rasender Eifersucht gepackt – dieser Mensch! Mir erzählt er, dass ich in Todesgefahr sei, um dann zu meiner Frau zu fahren! Was will er dort? Bea die Nachricht von meinem möglichen Ende mit Schrecken, meiner ewigen Finsternis bringen?

Bevor er dort eintrifft, muss ich unbedingt Kontakt zu Beate haben! Wenn ich sie nur telepathisch erreichen könnte – aber die Entfernung ist zu groß! Vielleicht ist sie ja aber schon auf dem Weg zu mir, dass wäre die optimale Lösung in diesem Fall! Dann könnten wir vielleicht miteinander kommunizieren!

Aber es kommt keine Beate, es kommen keine Kinder, nicht einmal meine Lieblings-Krankenschwestern, nur der Smartiboy kommt herein: „So dann wollen wir uns ein wenig bewegen, wer rastet, der rostet, und du bist hier schon ganz schön eingerostet, stelle ich fest!"

Er bewegt meine Beine, als sei ich gefühllos, knetet die Muskulatur durch – Au, das tut weh, ich habe einen Oberschenkelbruch! - ihn scheint das nicht zu interessieren. Dann kümmert er sich um meine Armmuskulatur: „Auch schon ganz schön schlaff, du solltest mal wieder etwas Holz hacken, das trainiert!"

Als Letztes dreht er mich, tatsächlich vorsichtig und gekonnt, von der Rücken- in die Bauchlage und bearbeitet dort meine Muskulatur; das empfinde ich als ziemlich angenehm. Nach einem Klatscher auf meinen verlängerten Rücken dreht er mich wieder zurück: „So, das wars für heute, morgen Nachmittag komme ich wieder – vielleicht ist dann die schöne Schwester auch wieder hier, kannst du das irgendwie organisieren?"
Ich kann mich nur wiederholen: Der Mensch ist ziemlich unverschämt, aber man kann sagen, was man will, er versteht sein Metier – und heute wird er ja auch nicht durch eine hübsche junge Frau abgelenkt!
Nach gefühlten dreißig Minuten hat er sein Werk vollbracht, und ich bin dabei ziemlich müde geworden, tauche wieder ein in die Finsternis des Schlafes, eine Finsternis, die anders, tiefer ist als die des Tages, des Wachseins.

Kapitel 30
Freitag, 26. Mai
Wohnung Familie Schaf
ca. 16:00 Uhr

Konrad und Hanne haben ihre Koffer schon gepackt und in ihrem alten Opel Meriva, der auch schon bessere Zeiten erlebt hat, verstaut. Die ganze Familie sitzt, gespannt auf die Neuigkeiten von Ulli wartend, beim Kaffee auf der Terrasse, als der ohne große Umschweife durch die Gartentür hinzukommt.

„Hallo, da bin ich, Bea, Frau und Herr Schaf, Malte und Johanna!"

„Möchten Sie einen Kaffee?" Hanne ist wie immer fürsorglich.

„Ja, danke, es war ein anstrengender Tag heute im Klinikum."

„Erzähl, Ulli! Hat deine Untersuchungsmethode zum Erfolg geführt, könnt ihr jetzt etwas für Berthold tun?"

„Ja und nein – ja, die Methode hat sich wieder einmal bewährt, und nein, wir können nicht direkt etwas tun!"

Beate und Hanne weicht die Farbe aus den Gesichtern.

„Was heißt 'nicht direkt'? Man kann doch nicht indirekt etwas tun, ich kann doch nicht indirekt meine Reifen am Auto wechseln!" Konrad sieht etwas ärgerlich zu Ulli, der ihm direkt gegenüber sitzt.

„Herr Schaf, Bea!

Indirekt heißt in diesem Fall lediglich, dass WIR nichts tun können. Lasst es mich erklären, und bitte, bleibt ruhig dabei, noch ist nichts verloren!

Berthold hat noch ein Hämatom, einen Bluterguss, mitten im Gehirn, so ähnlich wie an der Seite des Schädels. Dort konnten wir relativ leicht operieren und den Schaden beheben, aber an dieser Stelle geht das nicht. Die Spezialisten im Klinikum trauen sich diesen Eingriff nicht zu, weil der nämlich lebensbedrohend ist. Andererseits: Wenn nicht operiert wird, besteht auch Todesgefahr für ihn. Seine Ausfallerscheinungen werden wahrscheinlich durch dieses Hämatom ausgelöst, aber das wissen wir nicht, auch seine telepathischen Fähigkeiten hängen anscheinend damit zusammen."

Johanna bricht in Tränen aus und rennt in den Garten, Malte folgt ihr unmittelbar. Die Erwachsenen scheinen wie erstarrt. Ist dies jetzt das Todesurteil für Berthold?
„Ich werde nachher versuchen, einen mir bekannten hoch spezialisierten Neuro-Wissenschaftler in den USA anzurufen und einige andere Leute – aber diese besonderen Fachleute gibt es nicht auf Krankenschein!"
„Was heißt 'nicht auf Krankenschein'?", fragt Konrad sofort nach.
„Das heißt, dass der von mir angedachte Neurochirurg und auch jeder andere Spezialist sein nicht unerhebliches Honorar nicht von der Kasse bezahlt bekommt, sondern vom Patienten oder dessen Angehörigen."
„Und über welchen Betrag reden wir da?" Konrad lässt nicht locker.
„Auf jeden Fall ein fünfstelliger Betrag, vielleicht so etwa zwanzigtausend, wenn es gut läuft, es kann aber auch deutlich mehr werden. Aber: ich habe eine ganz bestimmte Koryphäe in den USA im Auge, wenn der zusagt, kann ich vielleicht die MHH in Hannover zur Übernahme der Kosten motivieren, da er zugleich auch sehr interessante Studien betreibt auf dem Gebiet der Hirnforschung. Und jetzt müsst ihr entscheiden, was geschehen soll; die Zeit drängt. Ich habe Berthold auch schon über seine Situation informiert, er wird mir seine Entscheidung nachher signalisieren!"

Beate, Hanne und Konrad sehen sich an: „Was gibt es denn da zu entscheiden, Ulli?" „Leben oder Tod, um es ganz klar und eindeutig zu sagen!"
Beate nimmt sich ein Herz und entscheidet für Bertholds Eltern mit: „Ulli, wenn es auch nur eine Chance gibt, Bertholds Leben zu retten: Wir sind dabei, oder?" Sie blickt zu Hanne und Konrad. „Oder?" Die sehen sich an, können nur zustimmend nicken, so sehr belastet sie das Gespräch seelisch. „Wir alle wissen noch nicht, wie wir das Geld für den Spezialisten auftreiben können, aber es wird uns gelingen. Bitte versuch dein Bestes, ihn für uns zu gewinnen!"

Ulli, der natürlich keine andere Entscheidung erwartet hat, wird am Abend in den USA bei seinem alten Freund und Studienkollegen Matthias Bremer anrufen, zunächst aber will er auch noch im Klinikum Bertholds Entscheidung abfragen. Er verabschiedet sich von der Familie, steigt in seinen schwarzen Porsche und fährt davon.
„Vertraust du ihm?" „Bleibt uns eine Wahl?"

Konrad lädt ungefragt die Koffer wieder aus seinem Wagen aus und trägt sie ins Haus: „Wir bleiben noch eine Nacht!" entscheidet er kurzerhand. Beate widerspricht seiner Entscheidung nicht, schließlich kann sie heute am Abend etwas Gesellschaft gut gebrauchen mit all den Gedanken, die sie jetzt bewegen.
„Tod oder Leben!" - da kann sie nur die eine Entscheidung treffen!

Kapitel 31

Freitag, 26. Mai
ITS ca.
17:00 Uhr und später

Ulli hat begriffen, dass ich alles um mich herum Geschehende aufnehme und verstehe, sonst hätte er mir meine Situation nicht erklären müssen.

Wenn nicht der SmartiBoy mit seiner Physiotherapie gekommen wäre, hätte ich mich ausschließlich mit Ullis Worten beschäftigt, so hatte ich jedenfalls einige Ablenkung.

„Tod oder Leben, Licht oder Finsternis!" Wo soll man da eine Alternative sehen, die Sache geht natürlich zur Entscheidung 'für das Leben'!

Und wenn die OP durch den Spezialisten misslingt? Was ist dann? Ewige Finsternis? Dann möchte ich mich vergiften lassen, sterben – dieses Leben will ich nicht mehr, ich habe nur keine Idee, wie man das realisieren könnte, vielleicht mit der Hilfe einer Schwester oder sogar Dr. Mölders.

Wie versprochen, sucht Ulli seinen Freund und Patienten auf, um seine Entscheidung abzufragen.

„Berthold, du hast dir meinen kleinen Vortrag sicher durch den Kopf gehen lassen. Ich habe inzwischen mit deiner Familie gesprochen. Noch einmal: Du kannst nur wählen zwischen Teufel und Beelzebub. Die Sache kann für deine Familie ziemlich teuer werden, aber Bea und deine Eltern sind einverstanden, dass ich mich nach einem Spezialisten umhöre und ihn möglichst engagiere!

Bitte gib mir deine Entscheidung bekannt: OP ja oder nein, bei 'ja' solltest du mir ein Signal geben, versuch einfach, dir etwas Schreckliches vorzustellen – vielleicht Bea und ich im Bett? Wäre natürlich für mich keine schlimme Vorstellung." Ich sehe ihn geradezu grinsen!

Wenn ich jemals wieder gesund werde, bringe ich den Kerl um! Ich werde ihn fesseln und teeren und vierteilen, und seine Einzelteile dann mit einer Rakete auf den Mars schicken! Das ist also sein Plan, den werde ich zu verhindern wissen. 'JA', 'JA', 'JA', ich werden mich operieren lassen, du Schuft, und wehe dir, wenn das schief gehen sollte, mein Geist wird dich auf ewig verfolgen!
Die Ausschläge der Blutdruckmessung müssen akut enorm nach oben gezeigt haben.
„Du hast 'ja' gesagt, mein Freund, jetzt kannst du dich wieder beruhigen; ich werde nicht mit Bea ins Bett steigen, da ist mir unsere Freundschaft doch zu wichtig, und Bea liebt dich zu sehr! Ich werde noch heute Abend versuchen, den Spezialisten in USA anzurufen, um deinen Fall mit ihm zu besprechen, und morgen sehen wir hoffentlich auch in dieser Hinsicht klarer.
Jetzt aber wünsche ich dir eine gute Nacht, bis morgen, lieber Berthold!"

Ulli verlässt das Zimmer, und ich bin wieder allein, mit meinen Gedanken an die alternativlose, lebensgefährliche OP, an die Finsternis, an meine Lieben – man kann sagen, dass ich richtiggehend verzweifelt bin über die ganze Situation.

> Berthold, wir haben schon längere Zeit keinen direkten Kontakt gehabt, jetzt ist es jedoch an der Zeit dafür.
> Lass den Mut nicht sinken, du weißt doch noch gar nicht, welches Ende oder Ähnliches ich dir zugedacht habe – deine Wün-

Nach einer längeren Zeit, der Abend scheint schon weit fortgeschritten zu sein, höre ich Stimmen auf dem Gang vor meinem Zimmer. Beate!

Sie spricht mit der Nachtschwester, es ist heute Schwester Agnes, und bittet sie, mich auch zu dieser späten Stunde besuchen zu dürfen; Agnes, normalerweise sehr auf die Einhaltung aller Regeln bedacht, macht eine Ausnahme.

„Gehen Sie nur, der Professor war vorhin auch schon da."

Ich höre sie, ich rieche sie, ich spüre sie. An der Art und Weise, wie sie mein Krankenzimmer betritt, fühle ich, dass sie ebenso bedrückt ist wie ich. „Beate, meine Liebste, komm an mein Bett!"

Natürlich kommt sie. Sie umarmt mich, soweit das möglich ist, küsst mich lange und zärtlich, streichelt mein Gesicht, meinen Oberkörper. Ich rieche den Duft ihrer Haare, als sie ihr Gesicht an meines schmiegt, ihr betörendes leichtes Parfum – ein ganz tiefes Gefühl der Verbundenheit schwingt zwischen uns.

„Beate, ich liebe dich!"

Beate setzt sich wieder auf, nachdem sie sich zuvor über mich gebeugt hatte.

„Berthold, ich liebe dich so sehr ...

Ulli hat mir, hat uns schonungslos die Wahrheit über die Situation verdeutlicht, wir müssen Angst um dich haben, aber wir schaffen das, und ich soll dir von deinen Eltern sagen, dass sie uns in jeder Hinsicht unterstützen werden!

Eigentlich wollten sie heute wieder nach Hause fahren - aber nun bleiben sie noch über Nacht, deshalb kann ich hier bei dir sein, und ich hätte es auch in der Wohnung nicht ausgehalten.

Morgen fahren sie dann, und am Sonntag kommen meine

Eltern, dann sind auf jeden Fall die Kinder betreut. Liebling, wir stehen das durch, und dann bist du bald wieder der Alte, ich glaube fest daran. Der Fachmann für solche OPs, den Ulli besorgen wird, schafft das, ganz sicher!“

Eine Welle der Zuversicht und der Wärme durchflutet meinen ganzen Körper: „Ja, Beate, wir schaffen das! Aber morgen möchte ich so gern noch einmal meine Eltern und unsere Kinder bei mir haben, bitte!“
Beate streichelt mir über die Stirn: „Morgen werden wir alle zu Besuch kommen, versprochen!“
Wie schön, dass Beate meine Gedanken so gut verstehen kann, das beweist irgendwie auch unsere ungeheuer tiefe Liebe zueinander. Wenn ich das so intensiv spüre, weiß ich, dass ich leben werde, nicht mehr in der Finsternis, im schwarzen Kokon.

„Ich werde leben, mit euch und bei euch, und jetzt, meine Liebste, solltest du schlafen gehen, ich bin auch müde. Fahr vorsichtig, du wirst gebraucht!“
Beate küsst mich: „Gute Nacht, mein Schatz! Ich werde jetzt schön vorsichtig nach Haus fahren; morgen kommen wir alle zu dir. Gute Nacht!“
Als sie das Zimmer verlässt, weht noch ein Hauch von ihrem Duft zu mir herüber. Trotz der misslichen Situation: Ich war lange Zeit nicht mehr so glücklich!

Schwester Agnes kommt herein, richtet mein Bett, das durch Beates Umarmung ein wenig durcheinandergeraten ist: „Sie lieben einander sehr, Herr Schaf, nicht wahr? Man spürt es jedes Mal, wenn ihre Frau hier war – auch meine Kolleginnen haben mir davon schon erzählt.“
Wie Recht diese junge Frau hat.

Kapitel 32

Dr. Matthias Bremer sitzt schon seit den frühen Morgenstunden vor seinem Bildschirm, auf dem ein MRT-Bild, der Sagittalschnitt eines menschlichen Schädels, angezeigt wird. Vor ihm Berge von Notizzetteln, sein Smartphone, ein Tablet-Computer, mehrere Getränkedosen, teilweise noch geschlossen, manche schon leer, mit einem munter machenden Cola-Getränk.

„Ich komm nicht drauf, ich komm nicht drauf!" rauft er sich die schon etwas lichter werdenden Haare. „Warum, zum Teufel, passiert das immer wieder?"

Seine Firma BCI, Brain Computer Interface in Paolo Alto im weltbekannten Silicon Valley, arbeitet seit etwa zwei Jahren daran, Maschinen, Computer, Prothesen mittels Gedankenkraft steuern zu können.

Immer wieder haben sich Probanden, zumeist Studentinnen und Studenten aus der nahe gelegenen Stanford University, zur Verfügung gestellt, kilometer lange EEG-Streifen nebst einer riesigen Speicherbelegung auf den Servern des Instituts zeugen davon.

„Die EEGs sind alle wertlos, die Probanden sind viel zu aktiv mit ihren Gedanken, konzentrieren sich nicht ausreichend auf die gestellten Aufgaben!", das ist sein Resümee nach dem betrachten der Auswertungen, die er sich am Laptop immer wieder ansieht.

Die Ursache seines Problems mit der Gedankensteuerung wird ihm deutlich, als sich aus einer unerwarteten Richtung ein neuer Aspekt, ein ihn völlig überraschender Lösungsansatz.ergibt: Es ist alles eine Frage des Mediums!

Kapitel 33

Freitag, 26. Mai
Hotel „Emsblick"
ca. 22:00 Uhr

Der schwarze Porsche steht in der Hotelgarage, und Ulli hat im Restaurant noch gut zu Abend essen können; jetzt aber will er sich um einen Operateur für Berthold kümmern.

Die Uhrzeit ist gut, um jemanden in den USA zu kontaktieren, und so nimmt er sich sein Smartphone und sucht nach der Rufnummer von Dr. Matthias Bremer.

„Mat, hier spricht Ulli aus Good Old Germany, hallo!"

„Ulli?" klingt es ungläubig aus dem Smartphone, das er auf laut gestellt hat, um im Zimmer auf und ab gehen zu können, „Ulli, der Seelenklempner? Ich fasse es nicht! Sag, wie lange haben wir nichts voneinander gehört? Das müssen Jahrhunderte sein!"

„Naja, ganz so lange ist es nicht, das Telefon war schon erfunden!"

„Tatsächlich? Ulli, wie geht es dir, was treibt dich, mich anzurufen? Früher hattest du in solchen Fällen immer ein Problem, bei dessen Lösung ich helfen sollte – aber egal, warum auch immer du anrufst: Ich freue mich! Sag, um was geht es dir heute?"

„Lieber Mat, wie gut du meine Schwächen doch in Erinnerung hast! Tatsächlich: Ein Patient und alter Freund von mir ist wirklich ein Problem. Lass es dir erklären."

Ulli hebt zu einem längeren Vortrag an, wie es so Professorenart zu sein scheint, und beschreibt die besondere Komaproblematik Bertholds, vergisst dabei auch nicht, dessen telepathische Fähigkeiten zu beschreiben.

„Es ist erstaunlich, was mein Freund mit seinem Epiduralhämatom auf diesem Gebiet zu leisten in der Lage ist,
mich hat er auch schon versucht, zu manipulieren. Er
spricht regelrecht mit seinen engsten Angehörigen, hat einem Therapeuten, der eine Schwester anmachen wollte,
Schmerzen zugefügt, ohne sich selbst von der Stelle rüh-
ren zu können, und lässt Krankenschwestern von ihm
schwärmen!“
Ulli ist hat sich richtig in Stimmung geredet.
„Willst du mir den Mann verkaufen? Du bist ja so etwas
von begeistert ...“. Matthias ist sehr verwundert über Ullis
Beschreibung des Falles.
„Nein, mir geht es um etwas anderes. Ich weiß von deinen
Forschungen auf dem Gebiet der Steuerung durch Gedankenkraft, und dieser Mann kann zwar noch keine Geräte
steuern, aber Menschen! Er ist in der Lage, über viele Me-
ter hinweg Impulse aufzunehmen und zu senden, kann mit
anderen telepathisch kommunizieren, wie ich schon sagte.
Meine Idee ist jetzt folgende: Wenn du einen hoch qualifi-
zierten Neurochirurgen kennst, der in der Lage ist, das
Hämatom zu beseitigen, ohne das Hirn des Patienten zu
schädigen, wäre der anschließend der optimale Proband
für deine Forschungen! Es hängt natürlich alles vom Können des Chirurgen ab ...!“
„Und vom Einverständnis des Mannes und seiner Familie,
vergiss das nicht, lieber Ulli!“
„Ja, natürlich, Mat! Selbstverständlich müssen die Menschen mit einer solchen Aktion einverstanden sein, aber
ich denke, in diesem Fall bekommen wir das hin.
Genug der Plauderei, denkst du, dass du einen wirklichen
Top-Mann für die OP finden kannst?“
„Ulli, ich kümmere mich sofort darum. Und ich denke, dass
ich sehr schnell fündig werde, da habe ich schon jemanden im Sinn!“
„Wir telefonieren morgen wieder; zunächst: Viel Erfolg,

auch in meinem Sinne! Es liegt mir sehr viel daran, denn ich fürchte, uns läuft die Zeit weg …!"
„Du kannst dich auf mich verlassen, bis morgen dann. Wenn ich fündig geworden bin, darf ich dich dann auch zwischenzeitlich anrufen?"
„Gern; aber denk ein ganz wenig an die Zeitverschiebung, jetzt haben wir es hier ungefähr 23 Uhr!"

Matthias Bremer wird sofort aktiv. Die Aussicht, mit seinen Forschungen weiterzukommen, lässt ihn zur Hochform auflaufen: Endlich Licht, Hoffnung bei seinem Bemühen, eine wie auch immer geartete Maschine nur durch Geisteskraft zu steuern. Wenn Ullis Patient schon jetzt über derartige Fähigkeiten verfügt, könnte man die vielleicht durch Implantieren einer Sonde in bestimmte Hirnregionen verstärken und nutzen! Das wäre der Durchbruch, die große Chance für seine Firma! Auf dieser Basis könnte man dann später, ganz ohne Eingriffe ins Gehirn, über so etwas wie einen EPOC-Helm Signale direkt empfangen und mittels Transponder an ein Gerät, eine Maschine geben. Welche Möglichkeiten tun sich da auf!
Es ist noch früher Nachmittag in Kalifornien, als er den Mann erreicht, der mit ihm gemeinsam zum einen Berthold heilen, zum anderen aber auch die Forschungen von BCI voran bringen soll: Professor Dr. Dr. Josef O'Sullivan, Chefchirurg an der Neurochirurgie im berühmten Barrow Neurological Institute in Phoenix/Arizona.
Matthias kennt O'Sullivan seit einigen Jahren sehr gut, man kann fast sagen, dass sie miteinander befreundet sind, und er weiß um dessen hervorragende Leistungen auf dessen Fachgebiet.

Ein Anruf in Phoenix führt direkt zur Sekretärin von Josua O'Sullivan: „Barrow Neurological Institute, Gwenda Williams. Can I help You?"

"Mat Bremer here. I would like to talk to Professor O'Sulli-van in a matter of high importance. When can I talk to him?" „Oh, Mr. Bremer, he's just coming into his office. I connect now!" „Thank You so much, Gwenda!"

„O'Sullivan!"
„Hi, Josch, hier ist Matthias Bremer, du erinnerst dich? Wir haben 2014 einige Tage, gemeinsam mit Freunden, auf der Jagdhütte von Benjamin Myers verbracht."
„Yes, ja, I remember! Du warst der Typ, der bei jedem er-legten Tier unbedingt in den Kopf sehen wollte, das werde ich nie vergessen, das war wirklich crazy! Weshalb rufst du aber heute bei mir an? Willst du wieder zur Jagd?"
„Nein, heute geht es um etwas ganz anderes …!" Er er-zählt dem Professor vom Anruf Ullis und der Problematik mit dessen Patienten.
„Gemeinsam hätten wir die Möglichkeit, das Projekt 'Kom-munikation zwischen Gehirn und Computer' ein großes Stück voran zubringen. Aber: Dazu müsste es dir gelin-gen, das sehr schwer zugängliche intrazerebrale Häma-tom aufzulösen und an entsprechender Stelle eine Sonde zu installieren. Ist das machbar?"
„Lass mir die PET-Bilder zukommen – hast du meine Mail-adresse? Gwenda soll sie dir geben. Und dann werde ich entscheiden, was geht und was nicht. Wer trägt die Kos-ten?" „Darüber wurde noch nicht gesprochen. Zunächst würde meine Firma aber in Vorleistung treten, für dich also kein Risiko!" „Und wann soll das Ganze geschehen?"
„Mein Freund in Deutschland sagt, es brennt!"
„Dann soll er sich beeilen, meine Termine sind eng ge-setzt, ich muss ihn sowieso irgendwie einschieben …!"
„Josch, zunächst 'Thank You', Bye!"

Zufrieden ruft er trotz der Uhrzeit bei Ulli an, um ihm die Nachricht zu überbringen ...

Kapitel 34

Samstag, 27. Mai,
Wohnung Schaf
ca. 08:30 Uhr

Das Frühstück an diesem Morgen verläuft wieder einmal in gedrückter Stimmung.

„Wir sind durch deinen Ulli jetzt natürlich ziemlich verunsichert worden, liebe Beate. Wir verstehen nicht so ganz, dass das so schrecklich gefährlich sein soll – unserem Sohn geht es doch relativ gut; Hanne und ich haben den Eindruck, dass er in der Emsklinik in guten Händen ist!"

Konrad redet sehr ernst, die Familie schweigt dazu. „Hanne und ich werden trotz der Unkenrufe von Ulli heute fahren. Wir müssen ganz dringend wieder einmal bei uns nach dem rechten sehen, das werdet ihr verstehen. Wenn sich aber etwas Gravierendes ergibt, stehen wir natürlich gern wieder zur Verfügung!"

„Konrad, Hanne, fahrt ihr mit ruhigem Gewissen, ich habe euch ja schon gesagt, dass meine Eltern schon 'Gewehr bei Fuß' stehen und sofort kommen, wenn ich sie darum bitte!"

„Das ist gut, dann gibt es in dieser Richtung ja keine Probleme für euch. Komm, Hanne, dann lass uns wieder packen, dann sind wir mittags zu Haus – an den Garten mag ich gar nicht denken …!"

Die Kinder sind etwas bedrückt, sie hatten sich natürlich an die Betreuung durch ihre Großeltern gewöhnt. Wenn Beate nicht im Haus war, hatten sie in Oma und Opa natürlich großzügige Gegenüber …

Nach etwa einer Stunde haben Beates Schwiegereltern ihr Gepäck wieder verladen und starten in Richtung Delmenhorst.

Ulli ruft an und will Beate über den Stand der Dinge informieren.

„Sag, Ulli, steht es wirklich so schlecht um Berthold, ist die Situation so gefährlich, wie du gesagt hast? Meine Schwiegereltern haben es nicht geglaubt …!"

„Es ist leider genau so, Bea, es ist so gefährlich, wie ich gesagt habe, und die Zeit drängt, das Hämatom in seinem Gehirn weitet sich langsam, aber sicher aus und wird noch weitere Funktionen lahmlegen, bis irgendwann gar nichts mehr geht!"

Beate kommen die Tränen; Johanna und Malte, die ebenfalls im Wohnzimmer sind und Ullis Worte mit angehört haben, sehen sich ängstlich und verstört an: „Mama, der darf so etwas nicht sagen, Ulli lügt! Wir haben mit Papa geredet, und er wird gesund!"

„Eine Sekunde, Ulli," Beate legt den Hörer zur Seite, „ihr zwei, wir reden nachher darüber, jetzt muss ich erst einmal von Ulli wissen, wie es weitergeht, und – Ulli lügt leider nicht!"

Sie nimmt den Hörer wieder zur Hand, um das Gespräch fortzusetzen.

„Entschuldige bitte, Ulli, die Kinder sind natürlich völlig verstört, nachher muss ich unbedingt mit ihnen reden. Aber jetzt zu dir: Hast du etwas erreichen können?"

„Ja, liebe Bea!" Ullis Stimme klingt optimistisch, „mein Freund in den USA kennt eine Koryphäe auf dem Gebiet der Neurochirurgie, dem muss ich gleich die Aufnahmen von Bertholds Gehirn zumailen. Er wird sie dann beurteilen und hoffentlich kurzfristig für eine Operation herüberkommen. Wenn wir zu Ende telefoniert haben, fahre ich ins Klinikum, um die Aufnahmen nach Phoenix zu schicken, wenn du einverstanden bist."

„Natürlich bin ich einverstanden. Ich bin mit allem einverstanden, wenn es eine Hilfe für meinen Berthold ist!"

„Gut, dann lass uns jetzt aufhören, ich melde mich nachher noch einmal. Heute ist Samstag, morgen Sonntag –
da passiert - leider – sowieso nicht viel, aber wir können
schon manches vorbereiten. Bis später!"
Beate sitzt noch einige Minuten still im Sessel; dann geht
sie hinüber zu den Kindern, die sich in Maltes Zimmer zurückgezogen haben.
„Hört zu, meine Süßen! Was der Ulli gesagt hat, ist leider
wahr: Papa ist wirklich lebensgefährlich verletzt worden,
man kann es nur nicht von außen erkennen, sondern
braucht dafür ganz besondere Geräte, und Ulli hat diese
Untersuchung gemacht.
Jetzt sucht er für Papa einen Spezialisten, der ihn operieren kann; die Operation ist aber leider genauso lebens-
drohlich, als wenn Papa nicht operiert würde, beides ist
ganz gefährlich!
Wir drei müssen jetzt ganz fest zusammenhalten und immer an Papa denken. Heute Nachmittag werden wir ihn
wieder besuchen, da wird er sich freuen. Und jetzt brauche ich ganz dringend eine kleine Pause."

Kapitel 35

Samstag, 27. Mai
ITS
16:30 Uhr

Die Stunden an diesem Tag verliefen bis jetzt in völliger Gleichförmigkeit. Es ist total langweilig, aber das ist ja keine besonders originelle Feststellung für einen Menschen in meiner Situation.

Ich hoffe natürlich inständig, dass Ulli – ich denke inzwischen, dass ich ihn doch nicht umbringen würde, selbst wenn er mit meiner über alles geliebten Beate etwas anfangen würde, so sehr hänge ich an meinem bisschen Leben – also hoffentlich hat mein Freund einen fähigen Operateur gefunden, damit dieses Elend mit mir endlich ein Ende hat!

Die Gespräche, die ich jetzt auf dem Flur höre, hellen meine Stimmung enorm auf: Es sind die Stimmen von Johanna, Malte und natürlich meiner Liebsten.

Man hat übrigens meinen Kopf in einen ziemlich engen Kunststoffhelm anstelle des EEG-Helms gepackt, ich habe den Geruch des Materials noch in der Nase; dieser Helm soll verhindern, dass ich meinen Kopf zu stark bewege. Dr. Mölders befürchtet, wie er sagte, eine mechanische Beanspruchung des Areals, in dem sich das geheimnisvolle Hämatom befindet.

Mein liebster Besuch kommt vorsichtig Sohlen, leise sprechend, herein.

„Hallo, ihr Lieben, ihr könnt euch ganz normal verhalten, mir kann durch den neuen Helm nichts passieren!"

Ich habe diesen Gedanken noch nicht zu Ende gedacht, als die Kinder mich von der einen Bettkante aus und Beate von der anderen her umarmen: „Wir haben dich ganz,

ganz lieb, Papa, und Ulli soll dich wieder richtig heil machen!"

Ich schicke ihnen liebe Gedanken zurück: „Das macht er ganz bestimmt", und spüre, wie sie sich darüber freuen.

Jetzt endlich kann mich Beate begrüßen, natürlich mit einem ganz, ganz liebevollen Kuss, der meinen ganzen Körper innerlich erbeben lässt. „Ach, meine Geliebte, wie sehr brauche ich dich, gerade jetzt!"

„Du weißt, mein Liebling, wie sehr wir dich lieben, und wie sehr du uns auch fehlst. Es vergeht keine Stunde, in der unsere Gedanken nicht bei dir sind!"

Malte hat sofort festgestellt, dass die Anzeige am EEG-Schreiber nicht funktioniert. Er geht hinaus und kommt nach kurzer Zeit an der Hand von Schwester Marta wieder herein: „Weißt du, Malte, dein Papa hat jetzt einen anderen Helm auf, der ihn beschützen soll wie dich dein Fahrradhelm. Aber dein Fahrradhelm hat keinen Stromanschluss, und dieser neue Helm im Augenblick auch nicht, und deshalb zeigt das Gerät nichts an. Das ist aber ganz normal, da musst du dir keine Sorgen machen."

Ich finde es ganz toll, wie die der Stimme nach schon ältere Schwester meinem wissbegierigen und besorgten Sohn die Sache erklärt hat. „Danke dafür, Schwester Marta, danke!"

„Hab ich doch gern getan!" Die Schwester antwortet direkt, als hätte ich mit ihr geredet – manchmal bin ich mir selbst ein wenig unheimlich mit meinen telepathischen Fähigkeiten ...

Beate setzt sich nahe an Berthold heran: „Ulli hat mir heute gesagt, dass er einen Fachmann für deine OP in Aussicht hat, der sieht sich gerade dein MRT an. Und wenn das klappt, wenn er sich zutraut, dich zu operieren, kommt er kurzfristig von USA herüber, zusammen mit einem Freund von Ulli, der dich gern kennenlernen möchte und der den Kontakt in den USA vermittelt hat.

„Morgen kommen übrigens meine Eltern, damit Johanna und Malte," sie zwinkert zu den Kindern hinüber, die wieder am Rand von Bertholds Bett sitzen, „nicht ganz ohne Aufsicht sind!"
Zwei etwas wütenden Augenpaare blicken sie an: „Mama, wir brauchen keine Aufsicht, wir sind schon groß!", empört sich Johanna.
„Ach, meine Süße, ich hab das doch nicht böse gemeint. Oma und Opa kommen, um mich zu unterstützen; sie lassen deshalb extra ihre Ferienwohnungen in Marienhafe von einer Agentur betreuen, solange sie hier bei uns sind."
„Super," Malte ist begeistert, „dann kann mir Opa Tjark von seiner Zeit als Schiffssteuermann erzählen, und Oma Eske kocht dann Labskaus."
„Igitt, Labskaus, wer will denn so was?!" Johanna ist entsetzt, „den esse ich nicht, dann will ich einen Salatteller!"
Es ist ein ziemlich normaler Familien-Nachmittag hier in der ITS, wären nur nicht die besonderen Umstände ...

Nach etwas mehr als einer Stunde verabschieden sich Beate und die Kinder – es war schön, wäre es auch für mich gewesen, wenn nicht die Bedrohung so schrecklich über mir, über uns schweben würde.

Kapitel 36

Sonntag, 28. Mai
Wohnung der Schafs
ca. 14:40 Uhr

Wie verabredet, kommen Oma Eske und Opa Tjark am Sonntag Nachmittag und beziehen, wie zuvor die anderen Großeltern, das von Beate und Johanna wieder gemütlich hergerichtete Gästezimmer.

Malte belegt sofort seinen Opa mit Beschlag, und Johanna versucht, ihrer Oma das Kochen von Labskaus auszureden. Am frühen Abend sitzt dann die ganze Familie auf der Terrasse und lauscht den Geschichten, die der alte Fahrensmann Tjark zu erzählen hat – nicht alles entspricht der Wahrheit und eigenem Erleben, aber gut gesponnenes Seemannsgarn kann sehr spannend sein ...

„Opa, erzählt doch noch einmal die Geschichte mit dem fliegenden Walfisch!" bittet Malte, und Opa will gerade zu der Geschichte ansetzen, als Beate ruft: „Abendessen! Alle in die Küche!"

„Was gibt es denn, Labskaus?" Malte will seine große Schwester ärgern. „Du, du – Walfisch!" Johanna fällt gerade kein passendes Schimpfwort für ihren kleinen Bruder ein, „dann esse ich nichts!"

Oma beruhigt sie: „Nein, ganz normales Essen, obwohl – Labskaus können wir auch mal kochen ...!"

„Sollen wir morgen Vormittag mit dir ins Klinikum fahren, Berthold besuchen?"

„Die Kinder haben noch Schule, und ich selbst habe wahnsinnig viel mit dem ganzen Papierkram zu tun – könnt ihr Berthold nicht ausnahmsweise allein besuchen?" Ihre Mutter ist von der Idee nicht besonders angetan: „Nee, das finde ich nicht so gut, du solltest gerade bei unserem ersten Besuch dort schon dabei sein.“

Opa Tjark hält sich bei dem Thema vornehm zurück, zum einen weiß er, wie eigenwillig seine Frau reagieren kann, zum anderen hasst er Krankenhäuser.

„OK, dann morgen Nachmittag, die Kinder werden aber sicher auch mitkommen wollen, und dann wird es eng mit den Hausaufgaben.“

„Opa hilft, wenn dabei etwas klemmt!“, klingt es aus der Couchecke, in die der sich zurückgezogen hat.

„Na, dann kann ja nichts schiefgehen!“, antwortet ihm Beate belustigt, „der Papa wird’s schon richten …!“

Der Abend verläuft sehr harmonisch – viele Monate hat Beate ihre Eltern nicht bei sich gehabt, 'es hat nie richtig gepasst!'.

Kapitel 37

Dienstag, 30. Mai
Frühstücksraum Hotel
09:30 Uhr

Drei Männer sitzen bei einem reichlichen Frühstück am Ecktisch des ganz in weiß und blau gestalteten Speisesaals des Hotels.

Frische, noch warme Butterhörnchen, knusprige Brötchen, Ham and Eggs, ausgewählte Konfitüren, Honig, Cornflakes, Obst, dazu Kaffee und mehrere Säfte und Brotsorten – ein Frühstück, wie es selbst einem internationalen Hotel würdig wäre.

Man lässt sich Zeit für ein ausführliches Gespräch über die anstehende schwierige Arbeit.

Die Unterhaltung wird teils auf deutsch, teils auf englisch geführt, was der Verständigung aber keinen Abbruch tut.

Professor Dr. Dr. Josua O'Sullivan, der Star-Neurochirurg aus Phoenix/Arizona, hat zusammen mit Dr. Matthias Bremer noch gestern Abend eingecheckt, beide versuchen, den Jetlag mit Hilfe von viel starkem Kaffee zu überwinden – ein Vorhaben, das nicht zwingend dauerhaft zum Erfolg führen muss, kurzfristig jedoch hilft.

Die Gespräche drehen sich, nach allgemeinem Smalltalk, recht bald über den nun gemeinsamen Patienten Berthold Schaf, den sie aus seiner Finsternis befreien wollen.

„Es ist ein Wahnsinns-Risiko, das Hämatom operativ beseitigen zu wollen, ich bin mir noch nicht sicher, ob wir es auflösen und absaugen können!" O'Sullivan schaut sehr nachdenklich in die kleine Runde.

„Dann müsstest du eine Drainage legen?" Bremer, der in Dingen der Chirurgie nicht sehr bewandert ist, stellt die Frage. Er ist natürlich vor allem daran interessiert, dass O'Sullivan eine Sonde implementiert, mit deren Hilfe er

über seine aus USA mitgebrachten Geräte den Probanden, denn als solchen betrachtet er den Kranken, steuern kann.
„Wahrscheinlich, aber ob dann noch Raum für deine Sonde bleibt, kann ich noch nicht sagen, das stellt sich erst im Verlaufe der OP heraus. Zunächst geht es mir, Mat, nur um den Patienten; du stehst in der Priorität leider hinten!"
„Ich weiß, ich weiß, aber ich wäre froh, wenn ich auch ein wenig von der weiten Reise profitieren könnte …!"
„Wir müssen sehen, was sich vor Ort realisieren lässt, noch hast du deine Chance!"

Ulli, der sich in dieser Diskussion bewusst zurückgehalten hat, erinnert daran, dass sie alle drei in einer Stunde im Klinikum verabredet sind, nimmt sich dennoch noch ein Croissant und etwas Kaffee …
Für seine eigenen Studien an der MHH in Hannover könnte er natürlich von Matthias' Ergebnissen profitieren, deshalb hofft er auch, dass sich sein Institut an den OP-Kosten beteiligen kann - bezogen auf den Gesamtetat, über den er normalerweise verfügt, sind das nur Peanuts!

Kapitel 38
Dienstag, 30. Mai
Büro des Chefarztes
12:00 Uhr

Dr. Mölders empfängt seine Gäste im Büro des Chefs, in dem schon ein ganzes Gremium von Ärzten auf die Gäste wartet: Dr. Al-Wazir als behandelnder Neurochirurg, der Anästhesist Dr. Dietmar Schöne, die Anästhesieassistentin Renate Wellershaus, Oberarzt Dr. Mölders.

„Willkommen im Klinikum an der Ems, meine Herren. Professor von Meiers ist noch kurz verhindert, kommt aber gleich zu uns", eröffnet Dr. Mölders die Besprechung.

„Wir können uns ja zwischenzeitlich schon einmal über Ihre technischen Möglichkeiten informieren, Herr Mölders," ergreift Ulli das Wort, „einiges davon habe ich ja schon kennenlernen dürfen."

O'Sullivan ist, natürlich, vor allem an den Möglichkeiten des Operationsraumes interessiert und stellt die entsprechenden Fragen, die ihm von Al-Wazir und den Anästhesisten so präzise wie möglich beantwortet werden.

Der Chefarzt kommt hinzu, begrüßt auch seinerseits die Gäste noch einmal, fragt nach dem Stand der Dinge.

„Dann kann ich Ihnen, meine Herrschaften, und natürlich auch dem Patienten nur noch gutes Gelingen wünschen. Wann soll die Operation stattfinden?"

„Wir haben den OP 1 für morgen Vormittag reserviert, Professor O'Sullivan bat um diesen Termin – die Nachwirkungen des Jetlag sollen ihn nicht bei seiner Arbeit behindern."

„Gut. Informieren Sie mich bitte, falls es Probleme irgendwelcher Art geben sollte. Auf Wiedersehen bis morgen, ich bin an dem Eingriff sehr interessiert, wissen Sie, wann hat man schon einmal einen so berühmten und kompetenten

Gast im Haus …!"
Damit geht er wieder aus dem Raum.
„Wollen wir uns jetzt den Patienten einmal ansehen?" fragt Mölders und erntet rundum zustimmendes Kopfnicken.
„Dann lassen Sie uns hinübergehen!"

Die ganze Korona begibt sich zur ITS in das Zimmer des Patienten, nicht ohne die vorgeschriebene Schutzkleidung anzulegen – obwohl dieser körperlich durchaus robust ist und kein Infektionsrisiko besteht.
Er ist weitgehend von Schläuchen und Kabeln befreit, Schwester Caroline hat das Bett gerichtet, er ist frisch rasiert, liegt wie immer bewegungslos auf dem Bett, atmet ruhig und gleichmäßig, Puls und Blutdruck sind konstant.

Ich höre viele Menschen hereinkommen, die sich ganz ungeniert über mich unterhalten; Wortführer ist Mölders, dessen Stimme ich deutlich heraushöre:
„Sie sehen, meine Herren, einen Patienten, der völlig entspannt ist. Er ist organisch stabil, wird über eine PET-Sonde versorgt, alle körperlichen Funktionen sind oB.
Das Epiduralhämatom haben wir vor einigen Tagen versorgen können, leider hat die Entlastung der Hirnhaut keine Lösung bei den Sinneswahrnehmungen gebracht, da hoffen wir natürlich sehr, das der operative Eingriff durch Sie, Professor O'Sullivan, eine dauerhafte Lösung bringen wird."
O'Sullivan sieht sich mein 'Bohrloch' an: „It is really ok. Please tell me: What's about the telepathic capabilities of Mister Schaf ?"
„Davon sind wir hier, und genauso seine Familie, überzeugt – er kann hören und Informationen an seine Zielpersonen übermitteln, ich gehe soweit zu behaupten, dass er auf diese Weise auch Personen manipulieren kann!"
Bei diesen Worten wird Matthias Bremer natürlich hell-

wach: „Kann man das provozieren? Können Sie ihn einmal fragen, ob er mir eine Botschaft sagen kann? Das interessiert mich brennend, Sie wissen, weshalb, meine Herren!" - irgendwie hört sich das für mich an wie ein 'Hol das Stöckchen!

Eine mehr als 'wissenschaftliche Neugier' klingt aus den Worten dieses mir völlig unbekannten Mannes heraus. Wieso fährt er auf dieses Thema so ab? Was hat er vor, der Operateur scheint er ja nicht zu sein, das ist der englisch sprechende O'Sullivan, wie ich herausgehört habe.
Einerseits frage ich mich, ob ich wirklich heute einen Beweis meiner Fähigkeit liefern sollte; wer weiß, welche Ideen dieser Herr Bremer entwickelt - andererseits bin ich natürlich auch neugierig auf das, was er vorhat!
Also wage ich das Experiment, ich werde ihn ein wenig verwirren.
Bremer heißt er also. „Bremer, erzähl Mölders, was du beruflich machst. Bremer, sag es Mölders!"
Tatsächlich: Bremer spricht Mölders direkt an und erklärt ihm seinen Job in Paolo Alto bei BCI.
Ich bin wieder einmal stolz auf mein Können!
„Herr Bremer, warum erzählen Sie mir das jetzt?", fragt ihn Mölders, verwirrt über diese nicht zum Thema gehörigen Informationen.
„Ja, äh – ich weiß nicht, mir war danach", stottert der so Angesprochene herum, „ich weiß es wirklich nicht! Sollte der Patient …?"
„Das halte ich für möglich, nicht wahr, Herr Schaf?" Er nimmt meine Hand und drückt sie ziemlich fest, es ist ein wenig 'Verbrüderung' dabei, er scheint gegenüber Bremer auf meiner Seite zu sein.

O'Sullivan stellt noch einige Fragen zu meinem Gesundheitszustand, soweit sie nicht schon im Vorgespräch erör-

tert wurden, dann wendet er sich zum Gehen – der Jetlag macht sich anscheinend bemerkbar; die ganze Truppe geht hinaus, nur Schwester Carolin bleibt noch im Raum.
„Berthold, ich werde deine Frau anrufen und ihr sagen, dass morgen der große Tag ist; vielleicht möchten dich deine Leute ja heute besuchen!"

„Danke, Carolin, danke! Und grüß von mir", signalisiere ich ihr. Sie verlässt mein Zimmer, um ihren anderen Pflichten nachzugehen.
Nicht sehr viel später kommt eine mir unbekannte Schwester herein, und ich hoffe, dass mein leerer Magen jetzt wieder aufgefüllt wird, ich habe auch schon enormen Hunger nach dem Stress des Vormittags. Aber es wird nichts damit, ich muss wegen der OP morgen hungern.

Kapitel 39

Dienstag, 30. Mai
Küche der Schafs
ca. 13:30 Uhr

Wie sie es Berthold versprochen hat, ruft Carolin bei Beate an, die gerade mit den Kindern beim Mittagessen sitzt – es gibt einen leckeren Nudelauflauf und danach einen Obstsalat, und zum Obst eine Kugel Vanilleeis.

„Hallo, Frau Schaf, hier ist Schwester Carolin! Ich soll sie von Ihrem Mann grüßen!"

Es ist für Beate immer wieder unbegreiflich, dass Berthold mit ihr und anderen so 'reden' kann.

„Danke, Schwester Carolin. Wie geht es ihm?"

„Eigentlich wie immer. Weshalb ich anrufe, ist Folgendes: Morgen Vormittag soll die große Operation starten. Die Amerikaner haben sich heute eingehend über das Klinikum, seine Möglichkeiten sowie über ihren Mann informiert, Professor Perley wird Sie deshalb sicher auch noch ansprechen. Ich denke, Sie und die Kinder sollten Ihren Mann heute noch besuchen, morgen wird er davon nicht viel haben. Ich bin am Nachmittag nicht da, aber meine Kollegin Daniela hat Dienst, die kennen Sie ja auch schon ganz gut."

„Danke für Ihren Anruf, liebe Carolin, bis bald!"

„Auf Wiederhören, Frau Schaf, und alles Gute!"

„Was hat sie gesagt?" Johanna sieht ihre Mutter sorgenvoll an, „ist etwas mit Papa?"

„Kein neues Problem, aber Schwester Carolin hat uns gerade mitgeteilt, dass Papa morgen früh operiert wird. Deshalb wollen wir ihn auch heute noch besuchen, er wartet sicher schon auf uns."

„Au ja!" Malte hat mitgehört und freut sich auf Papa, „wann fahren wir?" „Ich möchte gern den Anruf von Ulli abwarten,

ihr beiden, und dann geht es gleich los."
Sie hat noch nicht ganz zu Ende gesprochen, als das Smartphone klingelt: Ulli.
„Hallo, Bea! Wir müssen reden. Professor O'Sullivan und mein Freund Bremer aus den USA sind da und haben sich schon ausgiebig informiert, morgen früh soll die Operation stattfinden. Du musst allerdings noch eine Einverständniserklärung unterschreiben – ich habe dir ja schon erklärt, dass diese OP ungleich gefährlicher ist als der erste Eingriff. Können wir uns heute noch sehen? Du weißt, wie wichtig das ist, und die Klinik hat mich bevollmächtigt, die Erklärung einzuholen. Wann passt es dir?"
„Ich wollte eigentlich jetzt gleich mit den Kindern zu Berthold fahren, wo bist du denn jetzt?"
„Ich bin im Hotel, wir könnten uns dort treffen. So in einer guten dreiviertel Stunde? Ich warte in der Lobby auf euch."
„Einverstanden, wir starten jetzt sofort."
Ihre Eltern, die sich schon häuslich eingerichtet haben, sind natürlich auch sehr daran interessiert, die Neuigkeiten zu erfahren.
„Sag, Beate," wird sie von ihrer Mutter Eske mit einem sorgenvollen Blick angesprochen, „ist die ganze Sache wirklich so gefährlich für deinen Berthold?"
„Ja, Mama, leider, und wenn wir durch Ullis Engagement nicht diese Chance hätten, wäre das Hämatom mit aller Wahrscheinlichkeit tödlich, immer mehr Gehirnfunktionen würden versagen, bis nichts mehr ginge!"
„Das ist ja schrecklich!" Ihrer Mutter war diese Tatsache bisher noch gar nicht so richtig bewusst gewesen, „da können wir deinem alten Freund ja nur dankbar sein ..."
„Denke ich auch, aber jetzt wollen wir los, erst zu Ulli ins Hotel und dann zu Berthold."
„Grüß bitte von uns, Beate, wenn es geht!"
Beate ruft die Kinder, und die Drei fahren zum Hotel „Emsblick", in dem Ulli abgestiegen ist.

Kapitel 40
Dienstag, 30. Mai
Lobby Hotel „Emsblick"
ca. 16:20 Uhr

Sie betreten die Lobby, die mit schwarzen Ledersesseln, viel Glas und und edlem Mobiliar aus Mahagoniholz ausgestattet ist, durch die gläserne Drehtür. Ulli kommt ihnen schon entgegen: „Hallo, ihr drei, da seid ihr ja schon. Wollen wir in die Sitzecke drüben gehen?"
Die Kinder rennen sofort los und werfen sich begeistert in die Sessel: „Die sind ja toll!" schwärmt Johanna lautstark; der Mann an der Rezeption wirft einen missbilligenden Blick herüber.
„Warum guckt der denn so böse?", fragt Malte leise seine große Schwester. „Der mag wohl keine Kinder!" Sie streckt dem Mann die Zunge heraus.

Beate und Ulli nehmen in zwei einander gegenüberstehenden Sesseln Platz.
„Ulli, ich bin dir ja so dankbar, dass du das alles für uns tust, ich hätte ja keine Chance gehabt, einen solchen Spezialisten zu finden."
„Da magst du recht haben, liebe Bea. Viele gibt es davon nicht, und ich habe ihn auch nur gefunden, weil mein Freund Matthias Bremer mit ihm befreundet ist.
Matthias ist Forscher und kennt sich bestens im menschlichen Gehirn aus, kann aber nicht operieren, dafür haben wir jetzt den Professor O'Sullivan mitgebracht.
Ich muss jetzt unbedingt von dir einiges wissen, liebe Bea, und ich habe keine Ahnung, wie du auf meine Fragen reagieren wirst. Hör zu!
Professor O'Sullivan wird ein beachtliches Honorar fordern, dazu kommen noch die Reisespesen und die Über-

nachtungen hier. Die Firma von Matthias Bremer in Paolo Alto und mein Institut in Hannover übernehmen die Kosten je zur Hälfte unter bestimmten Voraussetzungen, er selbst bekommt kein Honorar und ich sowieso nicht.
Jetzt zu den Bedingungen für die Kostenübernahme, ich habe alles hier aufgeschrieben, schau mal!"
Die Kinder sind inzwischen in eine Ecke der Hotelhalle gelaufen, in der diverse Spiel- und Beschäftigungsmöglichkeiten vorhanden sind, so können sie Beates Gespräch mit Ulli nicht verfolgen.
Er überreicht Beate ein Dokument, in dem auf mehreren Seiten ausführlich beschrieben wird, welche Risiken der Professor bei der OP eingehen muss und welche Gefahren Berthold drohen. Darüber hinaus gibt es einen umfangreichen Passus, den Beate beim ersten Durchlesen nicht versteht!
„Sag bitte, Ulli, was besagt dieser dritte Abschnitt im Klartext, ich verstehe ihn nicht. Was bedeutet es, wenn bei Berthold eine Sonde ins Gehirn eingesetzt wird?"
„Unterstellen wir einmal, liebe Beate, dass die Operation durch den Professor ein voller Erfolg wird und Berthold wieder all seine Sinnesorgane uneingeschränkt nutzen kann, und das ist es ja, was wir alle anstreben.
Für diesen Fall gilt die Finanzierungszusage durch BCI in Kalifornien, wenn Bremer die Sonde durch den Professor setzen lassen darf."
„Und was soll diese Sonde, was soll oder kann sie bewirken?"
„Bea, dein Mann verfügt über Fähigkeiten, die wir bisher in dieser Form bei niemandem beobachten konnten, du hast sie schon selbst erfahren dürfen." Er zögert ein wenig, bevor er fortfährt. „Matthias Bremer beschäftigt sich damit, Computer und Maschinen nur durch Geisteskraft zu steuern, und dein Mann, mein Freund, könnte bei diesem weltweit einzigartigen Projekt mithelfen, ich will es dir erklären,

so gut ich kann, besser könnte es natürlich Matthias Bremer!"

Ulli ist ein wenig verlegen, als er Beate die Einzelheiten des Projektes erläutert ...

„Und das alles soll ich unterschreiben? Das kann ich nicht, ohne mit meinen Eltern gesprochen zu haben, und auch mit Berthold will ich gleich reden, soweit das möglich ist. Wenn ich es richtig verstanden habe, ist die OP das eine, Bremers Projekt aber etwas ganz anderes. Und das Ganze wird durch die Finanzierung miteinander verbunden. Was passiert, wenn ich zu Bremers Projekt 'Nein' sage?"

„Dann wird O'Sullivan wie geplant operieren, aber Bremer wird total sauer sein, und auf euch kommen enorme Kosten zu – ich schätze, ca. zwanzig- bis dreißigtausend tausend Euro! Könnt ihr das stemmen?"

„Und davon übernimmt die Krankenkasse nichts?"

„Keinen Cent, leider! Du kannst ja noch mal nachfragen, aber für die OP läuft uns die Zeit weg, und O'Sullivan ist nur noch morgen hier verfügbar, dann fliegt er wieder zurück!"

Beate ist jetzt ziemlich erschüttert, hat viel von ihrem Vertrauen in Ulli verloren. „Ich werde dich anrufen, wenn wir alles besprochen haben, Ulli. Jetzt fahren wir zu Berthold in die Klinik!"

Ulli ist überrascht und von Beates Reaktion enttäuscht: „Denkt an die enormen Kosten, und für Berthold besteht praktisch kein Risiko. Bitte beeil dich mit deiner Antwort, und deine Unterschrift brauche ich spätestens morgen früh, denk daran!"

Beate sammelt ihre Kinder ein und verabschiedet sich etwas kühl von Ulli, der sich ein ganz bisschen Freude seitens Bea erhofft hatte ...

Die wenigen Kilometer vom Hotel bis zum Krankenhaus

sind schnell gefahren. Die Kinder, die sonst immer so munter und fröhlich sind, sitzen schweigsam auf den hinteren Plätzen, Malte noch auf seiner Sitzerhöhung.
Die Unterlagen, die ihr Ulli gegeben hat, liegen auf dem Beifahrersitz.
„Denkt bitte mit mir daran, dass wir die Papiere gleich mit zu Papa nehmen", bittet Beate ihre Kinder.

Kapitel 41

Dienstag, 30. Mai
ITS Zimmer 209
ca. 16:50 Uhr

Zu ihrem Glück ist es heute kein Problem, einen Parkplatz zu finden, und schon wenige Minuten nach dem Aussteigen betreten sie die Halle des Klinikums.

„Mama, die Papiere!", fällt es Johanna plötzlich ein.

Beate schlägt sich vor die Stirn: „Wo habe ich denn nur meine Gedanken?" „Bei Papa!", antwortet ihr Malte, „soll ich die Sachen holen?" „Gern, mein Junge, aber mach das Auto wieder richtig zu!" „OK!", und schon ist er, die Autoschlüssel in der Hand, verschwunden.

Es dauert nur wenige Minuten, bis er mit den Papieren wieder zurück ist. „Danke, mein Kleiner!"

„Sag doch nicht immer 'Kleiner' zu mir, ich bin doch schon Acht!" „Entschuldige bitte, mein Junge, ist nicht bös gemeint!"

Die drei Schafs fahren mit dem Lift hinauf zur Intensivstation. An der Anmeldung hat heute eine Beate noch nicht bekannte Schwester Dienst, die nach ihrem Wunsch fragt: „Wohin möchten Sie bitte?"

„Zu meinem Mann, Herrn Schaf."

„Nehmen Sie bitte dort drüben in der Wartezone Platz, ich hole Sie dort gleich ab. Aber ob die Kinder mit hinein dürfen, muss ich erst beim Stationsarzt erfragen!"

Die Kinder sehen ihre Mama erstaunt an: „Was ist denn heute los? Wir durften doch immer zu Papa! Die ist neu hier, oder? Oder hat die keine Ahnung?" Johanna ist ziemlich empört.

Nach etwa fünfzehn langen Minuten kommt Schwester Sandra zurück: „Frau Schaf, Sie dürfen jetzt hinein. Aber die Kinder bleiben bitte hier."

„Das kommt überhaupt nicht in Frage, die Kinder waren schon mehrmals hier, und sie kommen auch heute mit zu ihrem Vater!" „Das geht nicht, Vorschrift!"
„Ich will sofort den diensthabenden Arzt sprechen, so geht das nicht, verehrte Dame!" Beate ist richtig böse.
„Dr. Cranzer hat im Augenblick keine Zeit, er ist in einer Behandlung."
„Wieso Dr. Cranzer? Wo ist denn Dr. Mölders, wo Dr. Al-Wazir? Mit den beiden hatte mein Mann bisher nur zu tun."
„Dr. Cranzer hat heute Dienst, weil sich die anderen Ärzte mit einem Professor O'Sullivan auf einen größeren Eingriff vorbereiten, der wohl recht kompliziert sein wird!"
„OK, das ist ja in Ordnung, trotzdem möchte ich, dass die Kinder ihren Vater besuchen dürfen. Schwester Sandra, bitte klären Sie das noch einmal mit Dr. Cranzer!"
„Ich versuche es noch einmal, Frau Schaf; bisher durften die Kinder immer mit?"
„Ja, jedes Mal!"
„Ich versuche es!"
Nach einer kurzen Zeit ist die Schwester wieder zurück: „Kommen Sie, alle drei!"
Die Prozedur mit der Schutzkleidung kann heute entfallen, denn bei Berthold ist das Infektionsrisiko nicht mehr sehr groß.
„Papa, Papa!" Die Kinder stürmen auf ihn zu, den Mann, der noch immer völlig regungslos auf seinem Bett liegt.
„Meine Liebsten, wie schön, dass ihr hier seid", suggeriere ich meine Worte mit aller Intensität zu den beiden.
„Ach, Papa", nimmt mich Johanna ganz lieb in den Arm, „ach Papa!" Wenn ich sie doch auch in den Arm nehmen könnte, und Malte gleich mit dazu, aber …
Inzwischen habe ich mich ja fast schon an meinen schwarzen Kokon, in dem ich lebe, gewöhnt, aber in solchen Augenblicken ist es sehr, sehr schwer, nicht zu verzweifeln!

Beate geht ganz langsam und nachdenklich an Bertholds Bett, nimmt seine rechte Hand, streicht ihm zärtlich über das Gesicht, die Haare.

„Mein Liebling, wir haben etwas ganz Wichtiges zu besprechen, und ich hoffe, von dir die notwendigen Antworten zu bekommen.

Ich werde dir die wichtigsten Passagen aus dem Vertrag vorlesen, den Ulli mit uns schließen möchte."

Zu den Kindern gewendet, sagt sie ziemlich energisch: „Könnt ihr bitte in den Wartebereich gehen, Papa und ich haben etwas ganz, ganz Wichtiges zu besprechen, und das ist heute nicht für eure Ohren bestimmt!"

Die Kinder sehen sie verwundert an: „Und warum sind wir dann mitgekommen? Im Hotel wolltest du mit Ulli allein reden, und jetzt auch mit Papa, wir finden das ziemlich gemein!" Johanna ist empört, und Malte schlägt in dieselbe Kerbe: „Bei Oma und Opa könnten wir wenigstens spielen!"

„Beate, lass sie hierbleiben, sie werden ohnehin erfahren, wie ernst es mit mir ist!" Mit meiner ganzen geistigen Energie wende ich mich an Beate.

Sie scheint es zu verstehen!

„Gut, dann dürft ihr hierbleiben! Aber es ist etwas sehr, sehr Ernstes, was ich Papa sage!"

Ich konzentriere mich jetzt voll auf Beate, die mir die wichtigsten Passagen aus dem Vertrag berichtet. Ulli hat wieder einmal ganze Arbeit geleistet, und Beate sitzt jetzt da und weiß nicht, was sie tun soll. Wahrscheinlich steht er im Fall des Falles auch gleich als Witwentröster bereit, ich traue es ihm zu - andererseits habe ich, was die OP durch O'Sullivan betrifft, keine Wahl.

Die Kosten – das wird für sie, für uns beide sicher ein Riesenproblem, schließlich liegt immer noch eine große Hypothek auf unserem Haus. Und wenn ich auf Bremers Vorschlag eingehe, was passiert dann mit mir, mit uns? Bin ich dann durch den Amerikaner oder durch Ulli fernsteuerbar?

Ich weiß nicht, was ich tun soll, zustimmen oder ablehnen, abgesehen von der Tatsache, dass ich morgen vielleicht schon tot bin – diesen Gedanken will ich aber nicht zu Ende denken, schon meiner Lieben wegen!

Beate versucht, mir die Entscheidung abzunehmen, aber das will ich nicht wirklich.

„Mein geliebter Schatz," die Kinder kichern bei meiner Anrede, „mein lieber Schatz, ich denke, bevor ich diesen Vertrag unterschreibe, rede ich noch mit unseren Eltern, mit meinen zu Haus und mit deinen am Telefon, und dann noch mal mit Ulli, ich hoffe, er ist ein ehrlicher Freund!"

Das hoffe ich auch, habe aber so meine Zweifel, aber wie soll ich die meiner Beate mitteilen? Was soll denn diese Sache mit der Sonde in meinem Gehirn? Kann ich dann irgendwelche Maschinen steuern oder werde ich selbst dann ferngesteuert? Ein lebendiger Automat, ohne eigenen Willen, von Bremer oder jemand anderem jederzeit manipulierbar – und kann die Sache mit der Sonde überhaupt risikolos rückgängig gemacht werden?

Meine Gedanken quälen mich extrem. Wenn das EEG noch angeschlossen wäre, könnte man sicher wieder ein Gewitter in meinen Gedanken erkennen!

Ich will Beate eine Nachricht geben:

„Beate, unterschreibe nicht, irgendwie bekommen wir das mit den OP-Kosten auch ohne Ulli und Bremer hin! Unterschreibe das Papier nicht, ich habe solche Angst davor!"

Beate schweigt, anscheinend denkt sie gerade über meine telepathisch übermittelten Gedanken nach.

„Ich denke, ich werde das Papier nicht unterschreiben! Vielleicht können unsere Eltern ein paar Euro zusteuern, und dein Arbeitgeber hilft vielleicht auch mit. Notfalls müs-

sen wir eben noch eine Hypothek mehr auf unser Haus aufnehmen! Berthold, mein Liebling – wir schaffen das auch ohne Bremer und sein Experiment!
Gut, oder auch nicht gut, lass uns das leidige Thema 'Bremer' jetzt beenden!“
Wie sehr ich diese Frau liebe! Aber vor der OP morgen früh habe ich eine wahnsinnige Angst ... Die Ärzte, allen voran Dr. Mölders, haben mir die 'alternativlosen' Alternativen sehr deutlich gemacht: OP – Lebensgefahr, keine OP – Tod in kürzerer Zeit!
Natürlich soll mich der Amerikaner operieren, aber der Bremer mit seiner Sonde soll mir vom Leibe bzw. vom Gehirn bleiben! NEIN! Kein Experiment!
„Beate, bitte nimm mich in den Arm, ich habe solche Angst vor morgen!“
Beate kommt aber nicht, sie hat, ohne dass ich es bemerkt habe, das Zimmer verlassen, um unsere Kinder wieder hereinzuholen, die zwischenzeitlich doch in die Wartezone gegangen waren.
Jetzt aber kommen sie alle wieder herein, an mein Bett.
„Wir wollen Papa jetzt alle drei umarmen und ihm für die OP morgen früh alles Gute wünschen, kommt, ihr zwei!“

Die Liebe meiner Familie tut mir so gut …
„Papa,“ sagt Malte plötzlich ganz ernst, „Papa, du wirst nicht sterben, oder?“
Johanna beginnt zu weinen bei Maltes so direkter Frage, ich spüre einige Tränen auf meinem Handrücken, und Beate schweigt.
„Nein, mein Junge, das mache ich nicht!“
Meine klare Aussage scheint alle drei erreicht zu haben. Ich werde noch einmal von allen umarmt, gedrückt, geküsst – ist es ein Abschied? Dann verlassen sie das Zimmer 209. Für immer?
Wieder allein, wird mir noch mehr angst, und ich fühle

mich so entsetzlich einsam. War das jetzt ein Abschied für immer? Werde ich sie niemals mehr sehen, hören, fühlen können?

Eine mir unbekannte Schwester kommt herein, bereitet meinen Schädel für die OP morgen vor, was bedeutet, dass der ganze Kopf blank rasiert wird – auch egal!
Sie hantiert an dem noch immer vorhandenen Zugang an meiner Hand herum, setzt eine Spritze darauf - ich spüre, wie die injizierte Flüssigkeit in meine Adern dringt.
Nach nicht sehr langer Zeit werde ich schrecklich müde, kann meine Gedanken nicht mehr kontrollieren. Ich falle, wieder einmal, in ein tiefes schwarzes Loch, und der schwarze Kokon umhüllt mich.

Kapitel 42

Dienstag, 30. Mai
Wohnung
ca. 19:00 Uhr

Ihren Gedanken nachhängend, fahren Beate, Johanna und Malte wieder nach Haus, wo Oma Eske schon das Abendessen vorbereitet hat.

Opa Tjark macht sich noch im Garten zu schaffen, die Trockenheit der letzten Tage und Wochen hat sich in den Blumenbeeten und den Gemüserabatten doch sehr bemerkbar gemacht, nur den Tomaten ist die viele Sonne sehr gut bekommen.

„Tjark, kommst du zum Essen?", ruft Eske durch die geöffnete Küchentür zu ihrem Mann, der schon im Begriff ist, seine Gartenarbeiten zu beenden.

„Bin sofort da!" schallt es unverzüglich zurück.

Die Familie versammelt sich schweigend am Esstisch.

„Dein Garten war auch schon einmal besser in Schuss!" Opa Tjark sagt etwas, um das bedrückende Schweigen zu brechen.

„Dafür haben wir ja dich angeheuert, Stüürmann", antwortet ihm Eske, „du machst das."

„Jau, dat do ik!"

Die große Stille breitet sich wieder bei Tisch aus, alle sind froh, als Beate und Eske beginnen, wieder abzudecken: „Oder möchte noch jemand etwas?"

Schweigen.

„Lasst uns wieder auf die Terrasse gehen, da kann man gut miteinander reden."

Opa holt sich ein Bier aus der Garage, Oma bringt Saft und Wasser, Beate sorgt für Gläser.

„Ich brauche kein Glas!" Eske öffnet die Bierflasche und nimmt schon einmal einen Schluck.

„Kannst du nicht warten?", rügt ihn Eske.
„Nee", ist die kurze Antwort, „ich habe Durst!"

Beate holt die Papiere, die ihr Ulli gegeben hat: „Hier, lest selbst, worum es geht!"
Eske rückt mit dem Stuhl nahe an Tjark heran – so können beide gleichzeitig den Text studieren.
Beide sehen danach sehr nachdenklich zum Rest der Familie hinüber, denn auch Johanna und Malte sind noch mit an dem großen ovalen Gartentisch.
„Dat is 'n Ding!", ist der erste Kommentar von Tjark, „Eske, was meinst du dazu?"
„Abgesehen von den wahnsinnigen Kosten für die Operation, die ich überhaupt nicht verstehe, ist die vorgeschlagene Finanzierung dadurch, dass Berthold als Versuchskaninchen dienen soll, eigentlich unverschämt!" Eske ist richtiggehend empört. Was hat sich dein Ulli denn dabei gedacht?"
Beate ist in Gedanken versunken, schreckt auf, als sie von ihrer Mutter angesprochen wird.

„Entschuldige bitte, ich war in Gedanken! Was Ulli sich gedacht hat? Ich denke, er will zweierlei: zum Ersten uns aus alter Freundschaft die sehr hohen Kosten ersparen, zum Zweiten mit Bremer zusammen ein einmaliges wissenschaftliches Experiment durchführen, wobei Berthold anscheinend das optimale Medium zu sein scheint. Die beiden Forscher würden, wenn das gelingt, was sie vorhaben, Weltruhm erlangen!"
Johanna, die das Gespräch sehr aufmerksam verfolgt hat, meint: „Kann denn dem Papa durch die komische Sonde im Kopf etwas passieren?"
„Das kann niemand voraussagen, und es kann auch niemand sagen, ob und was durch die notwendige Operation passiert, es ist alles sehr gefährlich, mein Kind!"

„Und was nützt es Papa und uns, wenn er diese Sonde eingesetzt bekommt, außer, wir sparen viel Geld?"
Die 'kleine' Johanna hat es auf den Punkt gebracht: Niemand weiß um den Nutzen für den Probanden und seine Familie, und niemand kennt die Risiken.
„Mein Schatz, danke, du hast es richtig gefragt", Beate nimmt ihre Tochter in den Arm, gibt ihr einen Kuss auf die Stirn, „was meint ihr dazu, ich denke, Bremer soll seine Sonden versenken, bei wem er will, nicht bei unserem Papa!"
Opa Tjark sieht sofort die praktische Seite. „Ich denke, gemeinsam stemmen wir die Kosten, vielleicht sind sie ja auch nicht so hoch, wie es uns dein Ulli weismachen will. Wir", er sieht zu Eske hinüber, „haben ja auch ein paar Euros auf die Seite legen können, damit helfen wir gern, und wenn sich Hanna und Konrad auch noch beteiligen, ist doch schon Vieles gewonnen!"

Eske nickt bei den Worten ihres Mannes: „Wir helfen auf jeden Fall, Berthold soll kein Versuchskaninchen werden!"
Beate weiß nicht, wie sie ihren Eltern danken soll, ihr rollen die Tränen über das Gesicht. „Danke, ihr seid die liebsten Eltern der Welt!" Malte erhebt sofort Einspruch: „Die allerliebsten seid ihr, Mama und Papa!"
Ein fröhliches, die ganze Anspannung lösendes Lachen erfüllt den ganzen Garten.
„Ich hol mir noch ein Bier!" Opa geht zur Garage hinüber, um noch eine Flasche Pils zu holen. Danach nimmt er seine Frau in den Arm und setzt sich mit einem zufriedenen Gesichtsausdruck wieder auf seinen Terrassenstuhl.

Beate ist es jetzt vorbehalten, zunächst ihren Schwiegereltern die Situation und die Möglichkeiten, die in dem Vertrag stehen, am Telefon zu erklären – sie geht dazu ins Wohnzimmer, wo der Festnetzanschluss ist.

Auch Hanne und Konrad sind über Ullis Angebot entsetzt und sind sofort bereit, einen Anteil der Kosten zu übernehmen: „Und den Rest macht die Bank!" ist Konrad überzeugt.

Mit diesem Votum von allen Beteiligten macht sich Beate sofort daran, Ulli die für ihn negative Nachricht zu überbringen, sie kann ihn aber nicht erreichen: „Hier ist die Mailbox von Ulrich Perley, bitte sprechen Sie nach dem Signalton. Beep!"

„Hallo, Ulli, hier ist Beate, ruf mich bitte gleich zurück unter dieser Nummer!" Es kommt kein Rückruf!

Schließlich nimmt sie die Papiere, unterschreibt den Teil, der sich nur mit der OP beschäftigt: „Ich fahre jetzt rüber zu Ulli und bringe ihm die Unterlagen!" und fährt los.

Kapitel 43
Dienstag, 30. Mai
Lobby Hotel „Emsblick"
ca. 22:00 Uhr

Die alten Freunde aus dem gemeinsamen Studium, Professor Dr. Ulrich Perley und Dr. Matthias Bremer, sitzen bei einem Glas guten Rotwein in der Lobby des Hotels, als Beate plötzlich in der Halle auftaucht.

„Du bist nicht an dein Handy gegangen, da habe ich mir gesagt, 'bring die Sachen direkt hin', und da bin ich!"

„Entschuldige, mein Akku war leer, bitte setz dich doch zu uns. Möchtest du auch ein Glas Wein?"

„Nein, danke, meine Familie wartet. Und morgen früh will ich unbedingt im Klinikum sein, wenn Berthold operiert wird!"

Sie reicht die Papiere an Ulli, der einen flüchtigen Blick darauf wirft: „Den Finanzierungsvorschlag wollt ihr nicht annehmen? Das wird euch hoffentlich später nicht leidtun, das Ganze ist doch ziemlich kostenaufwendig!"

„Wir haben alle, und da schließe ich Berthold ein, darüber gesprochen und uns gemeinsam so entschieden, wie du es siehst, wie Sie es sehen!"

„Und was ist mit meiner Sonde, lehnen Sie diese für die Wissenschaft so wichtige Sache wirklich ab?" Bremer ist enttäuscht, reagiert verärgert, ist er in diesem Falle doch anscheinend vergeblich aus Kalifornien an die Ems gekommen, hat seine hochsensiblen Geräte nutzlos über den großen Teich transportiert.

„Haben Sie sich das wirklich gut überlegt? BCI wäre auch noch zu weiteren Zugeständnissen bereit, was das Geld betrifft …!"

Beate wird energisch: „Herr Dr. Bremer, wir haben entschieden, dass mein Mann kein Versuchskaninchen für eine US-Firma oder sonst jemanden werden soll, und dabei bleibt es. Wir verkaufen meinen Mann nicht!"

Ulli ist ebenfalls enttäuscht über die Entscheidung von Bertholds Familie, zeigt es aber nicht so deutlich wie Bremer – aber schade ist es schon, auch sein Institut hätte von Bremers Experiment enorm profitiert.
„Euer Entschluss scheint mir endgültig und unumstößlich zu sein, liebe Bea, schade für euch, schade für die Wissenschaft, aber wir haben es zu akzeptieren. Lieber Matthias, es tut mir auch leid für BCI wegen des hohen Aufwandes, den du für uns getrieben hast, aber vielleicht gibt es ja noch andere Möglichkeiten der Zusammenarbeit zwischen BCI und meinem Institut!"
In Bremers Gesicht ist bei Ullis Worten ein wenig Entspannung festzustellen …
Beate verabschiedet sich, nicht ohne von Ulli noch den genauen OP-Termin zu erfragen: „Wann ist die OP?"
„Neun Uhr, O'Sullivan ist immer pünktlich!"

Beate hat gerade den Parkplatz erreicht, als es zu regnen beginnt. Aus dem Augenwinkel sieht sie noch, dass Prof. O'Sullivan wieder das Hotel betritt.
Der legt seine Sachen in der Garderobe ab und steuert sofort auf die Sitzecke zu, in der sich Bremer und Ulli aufhalten.
„Mat, what's about our Project?" ist seine erste Frage an Bremer.
„Paddy, ich bin sehr frustriert, Frau Schaf hat das Projekt mit der Sonde abgelehnt! Jetzt steht BCI wieder vor dem alten Problem mit dem fehlenden Probanden, es sei denn …", er sieht den Professor fragend an.
„Du denkst an euer Receiver-Transponder-Programm, oder? Wie weit ist denn die Entwicklung der Nano-Chips?"

„Die Dinger sind fast fertig zur Einführung, ich habe die Prototypen dabei. Uns fehlt nur noch der Real-Life-Versuch, ohne den uns das Pentagon keine Gelder mehr gibt!"

Ulli klinkt sich in das auf englisch geführte Gespräch ein: „Bedeutet das, dass ihr für das Militär arbeitet?"

„Ja!" kommt Bremers Antwort, kurz und knapp.

„Dann bin ich raus, da spiele ich nicht mehr mit, und ich lasse nicht zu, dass mein Freund als vom Militär ferngesteuerter Zombie durch die Welt läuft!"

„Ulli, da bist du auf dem falschen Dampfer, niemand will deinen Freund fernsteuern. Wir möchten lediglich erforschen, wie das menschliche Gehirn auf bestimmte externe Reize reagiert – und dein Freund hat ein großes Potenzial an telepathischen Fähigkeiten, die wir mir diesen beiden Chips auswerten möchten und können!"

„Und wie soll ich das meinen Freunden erklären?"

„Überhaupt nicht, sie werden davon nichts merken, und Paddy kann die kleinen Dinger so platzieren, dass sie selbst im MRT kaum zu sehen sind!"

„Trotzdem, ich bin raus, macht doch, was ihr wollt, ich möchte davon nichts wissen!"

O'Sullivan und Bremer sehen sich an: „OK, Ulli, du bist raus!"

Als Beate in ihr Auto steigt, ist inzwischen die Dämmerung der Nacht gewichen. Dunkle Wolken sind am Himmel aufgezogen, und in der Ferne ist Wetterleuchten zu sehen.
„Ist das nun ein gutes oder ein schlechtes Zeichen?", denkt sie, als der Regen stärker wird. Als sie die Stadt hinter sich gelassen hat, bricht das zunächst nur entfernt zu sehende Gewitter voll über sie herein, und der Regen entwickelt sich zum Wolkenbruch, der sie in eine Parkbucht am Rand der Straße zwingt.

Sie stellt den Motor kurz ab und ruft ihre Mutter, die sicher schon auf eine Nachricht wartet, an: „Mama, ich sitze im Gewitter fest, weiterfahren ist mir im Augenblick zu gefährlich!"
„Ist in Ordnung, Beate, wir warten trotzdem auf dich. Was haben Ulli und der Dr. Bremer gesagt? "
„Die sind total sauer, aber das kann uns ja gleichgültig sein, Hauptsache ist die OP durch den Professor!"
„Da hast du völlig Recht, das ist wichtig, und sonst nichts!"
„OK, Mama, wenn der Wolkenbruch nachlässt, fahre ich weiter, es wird hoffentlich nicht so lange dauern. Bis nachher!"
Sie beendet das Gespräch und starrt, ganz in ihren Gedanken gefangen, in die immer wieder von Blitzen erhellte Nacht. „So muss sich Berthold fühlen in seiner Dunkelheit", kommt ihr in den Sinn.

Nach einer schier endlos erscheinenden Stunde lässt der Sturzregen endlich nach. Es fällt ihr auf, dass in der ganzen Zeit, in der sie auf dem Parkstreifen stand, nicht ein einziges Fahrzeug vorbei gekommen ist.

Langsam, wie es eigentlich nicht ihr Fahrstil ist, fährt sie weiter, nach Hause, wo ihre Eltern noch auf ihre Heimkehr gewartet haben.
„Schön, mein Kind, dass du unversehrt wieder hier bist, im Radio haben sie von einer Überflutung der Straße gesprochen, der Verkehr wird umgeleitet!"
Beate mag heute nicht mehr erzählen, sie ist von den vergangenen Stunden noch zu betroffen.
„Lasst uns jetzt schlafen gehen, Mama, Papa, gute Nacht. Ich bin völlig erschöpft!"

Kapitel 45
Mittwoch, 31. Mai
Klinikum, Vorraum OP2
ca. 09:00 Uhr

Das gesamte Operationsteam hat sich versammelt, allen voran Prof. Dr. Dr. O'Sullivan, dazu Prof. Dr. von Meiers, Neurochirurg Dr. Al-Wazir, Leitender Oberarzt Dr. Mölders, Chef-Anästhesist Dr. Dietmar Schöne, die Anästhesieassistentin Renate Wellershaus.
Ergänzt wird das Ärzteteam natürlich von den bei allen Operationen erforderlichen OP-Schwestern und -Pflegern.
In der Wartezone vor den Operationssälen sitzen pünktlich zur vereinbarten Zeit Beate, Eske und Tjark. Die Kinder sind zur Schule gefahren und gehen danach zu Freunden, so ist es verabredet.
Die große Digitaluhr, die Beate schon unmittelbar nach Bertholds Einlieferung nach dem Unfall gesehen hat, zeigt gnadenlos Minute um Minute, die Wartenden starren zumeist darauf, ohne miteinander zu reden. Was sollten sie in dieser Situation auch miteinander besprechen? Alles ist gesagt!
Die Uhr springt auf 9:00 Uhr.

Prof. O'Sullivan möchte beginnen, fragt nach dem Patienten, der nur wenige Minuten zuvor von Schwester Daniela und Schwester Carolin in den Vorbereitungsraum gebracht wurde.
„Let's start now. Time is nine-point twelve a.m, please note the actual Start Time."
Das gesamte Team steht jetzt bereit, um sich mit meinem Gehirn zu beschäftigen.
Ich habe eine gute Nacht gehabt, dank des Schlafmittels, das mir gestern am frühen Abend verabreicht wurde. Jetzt

allerdings, in meinem besonderen Wachzustand, steigt die Angst wieder in mir auf. Werde ich die nächsten Stunden überleben? Wird mir die Sonde implantiert, von der Ulli gesprochen hatte und was Beate an meiner statt unterschreiben sollte?

Vielleicht ist aber auch mein Leben in dem schwarzen Kokon beendet, und ich sehe wieder Licht, kann mich wieder bewegen – welch eine schöne Aussicht. Diesen Gedanken will ich behalten, bis alles vorbei ist!

Das OP-Pflegepersonal hat mich natürlich voll verkabelt – Herz-Kreislauf-Kontrolle, Intubation, ein Zugang ist noch vorhanden. Mein Körper ist mit leichten Tüchern bedeckt, noch gestern, ich habe noch nicht davon berichtet, hat man mich 'general-gereinigt'. Zurzeit habe ich den Eindruck, als läge ich mit dem Kopf nach unten auf dem Tisch, kann das sein?

Lieber Berthold, jetzt kommt der wichtigste Moment in deinem bisherigen Leben. Alles, was dir bisher widerfahren ist, war in Bezug auf Gefahr für dein Leben ein Nichts, jetzt aber wird es ganz, ganz ernst. Da ich dein Autor bin, weiß ich natürlich von dem Ergebnis.

Ich denke, es ist ziemlich gemein, dich jetzt so im Unklaren zu lassen – aber ich bin der Autor und du mein Held (oder so).

An meiner Hand spüre ich Bewegung, jetzt kommt die totale Finsternis, das kenne ich ja schon, und schon ist es

geschehen.
Der Patient ist vorbereitet, das OP-Team beginnt seine Arbeit. Auf mehreren Monitoren sind MRT-Bilder eingeblendet, Sagittal- und Transversalschnitte, dazu die Werte aller angeschlossenen Funktionsmessungen wie Blutdruck, Puls, Sättigung, Atemluftanalyse usw.".

Dr. Mölders, dessen Anwesenheit direkt am OP-Tisch nicht erforderlich ist, verdeutlicht Bremer und Ulli, die hinter der großen Trennscheibe warten, die Arbeitsschritte, wie er sie von Prof. O'Sullivan erfahren hat.
„Bevor der Operateur den ersten Schnitt setzt, ist es noch erforderlich, den Liquor mittels Punktion weitgehend abzulassen, ein Vorgang, der dem Patienten postoperativ ziemlich Schmerzen bereiten wird, stößt doch bei jeder Kopfbewegung die Hirnhaut ungepolstert an den Schädelknochen – Frau Wellershaus ist mit dieser Aufgabe betraut."

O'Sullivan lässt sich ein Skalpell reichen, macht einen ersten Schnitt, um die Schädelplatte an der richtigen Stelle von der Kopfhaut zu befreien – eine relativ unblutige Angelegenheit. Danach richtet er seine Lupenbrille noch einmal gerade. „Driller!" geht seine Anweisung an die OP-Schwester, und ein leises Summen ist im Operationssaal zu hören.
„X-Ray on!" befielt O'Sullivan – er muss seinen Eingriff mit exakter bildgebender Unterstützung durchführen. Die kleinste Abweichung kann beim Patienten bereits zu irreparablen Schäden oder zum Tod führen, und er darf den Eingriff nicht unterbrechen!

Mit äußerster Präzision und Sorgfalt führt er eine extrem feine Sonde in die Schädelöffnung ein, die Augen auf das Röntgenbild gerichtet, das direkt über dem Kopf des Patienten angezeigt wird. Vor jedem weiteren Millimeter, den er in das Gehirn von Berthold eindringt, schaut er mit seiner Okular-Brille auf die Öffnung in der Schädeldecke, kontrollierend, ob keine Substanz austritt. Es ist ein weiter Weg bis zu dem Hämatom, um dessen Beseitigung es geht …

Nach einer guten Stunde intensiver, sensibelster Arbeit ist es so weit: Professor O'Sullivan hat mit der Sonde das Hämatom erreicht. Das Röntgenbild zeigt ihm exakt die Stelle, an der jetzt das eingelagerte Blut abgesaugt werden kann – die Mikrosonde, mit der er arbeitet, kann auch dieses leisten.

Immer wieder ist von ihm zwischenzeitlich das Wort „Sweat!" zu hören, woraufhin im sofort der Schweiß von der Stirn abgetupft wird – selbst die Sitzkorrektur seiner Okularbrille ist erforderlich.

O'Sullivan hält kurz inne, wendet sich an seinen Assistenten Dr. Al-Wazir: „That was our greatest problem, it now terminated! Thanks to the whole team!"

Er wendet sich erneut dem Schädel des Patienten zu. Mit ganz langsamen, vorsichtigen Bewegungen, stets die Augen auf den Röntgen-Monitor gerichtet, saugt er mit einer kleinen Elektropumpe das Blut aus dem Hämatom ab. Anschließend führt er ein kleines Werkzeug in die Sonde ein, jedenfalls erscheint es dem Team so, um die Einblutungsstelle des Hämatoms zu verschließen; es kann niemandem auffallen, dass er gleichzeitig die 'Bremer-'Chips in das Gehirn von Berthold Schaf implantiert - sie müssen nur zu gegebener Zeit aktiviert werden, um ihre Funktionen ausführen zu können.

Auch diese Aktion gelingt dem Professor aus Phoenix / USA problemlos, und nach insgesamt befielt er „X-Ray off, stop monitoring!"

„Please note: End of the Intervention at 11:32 a.m.".

Der Patient Berthold Schaf, zweiundfünfzig Jahre alt, wird zum Aufwachen nach der OP statt in den Aufwachraum wieder in Zimmer 209 der ITS gebracht, der Raum, in dem er die letzten Wochen verbracht hat.

O'Sullivan verlässt den OP-Bereich und trifft vor der großen, undurchsichtigen Glastür auf die Familie Schaf: „Congratulation, your husband is alive. In about two hours you can visit him – but you must have a lot of patience!" Ulli und Dr. Bremer folgen dem Professor aus dem OP-Bereich, beide sind Beate anscheinend nicht mehr böse.

„Bea, ich gratuliere dir. Der Professor hat großartige Arbeit geleistet, jetzt gilt es nur, abzuwarten, wie sich die Sinne unseres Berthold erholen – ich bin da sehr optimistisch!" Auch Dr. Bremer ist des Lobes voll über die Arbeit von Paddy O'Sullivan – er hat natürlich allen Grund dazu …!

„Kommt, wir gehen in die Cafeteria, etwas essen", Tjark ist heute für die praktische Seite des Lebens zuständig.
Unten angekommen, fällt die ganze Spannung, der sie ausgesetzt waren, von ihnen ab. Beate weint, heult wie ein Schloßhund, die Tränen der Erleichterung strömen über ihre Wangen - gut, dass sie sich heute früh nicht die Augen geschminkt hat. Eske versucht, sie zu beruhigen, auch sie kämpft mit den Tränen.

Die Cafeteria bietet neben Kaffee und Kuchen auch kleine herzhafte Snacks an, und so können die Drei eine leichte Mittagsmahlzeit einnehmen.
Es ist noch fast eine Stunde, bis sie ihren Berthold besuchen darf – eine schier unendlich scheinende Zeit!

Kapitel 46

Mittwoch, 31. Mai
ITS, Zimmer 209
ca. 14:00 Uhr

Mein Kopf schmerzt unerträglich, die kleinste Bewegung macht neuen Schmerz.
Kleinste Bewegung?
Bewegung?
Ich kann mich bewegen, jedenfalls den Kopf ein wenig?

Ein wahrer Glücksrausch erfasst mich: Ich kann mich bewegen, Schmerzen hin oder her! Und was ist mit der Finsternis, meinem schwarzen Kokon? Ist der ebenfalls Vergangenheit?
Leider nein, die Finsternis um mich herum ist leider immer noch vorhanden. Und was ist mit meinem Sprachvermögen? Da ich mich bewegen kann, müsste doch auch das Artikulieren von Worten möglich sein. Aber das ist leider eine Fehlanzeige, ich werde zunächst weiterhin über Gedanken mit den Menschen meiner Umgebung kommunizieren müssen! Schade, aber vielleicht kommt das noch, Geduld, Berthold!
„Beate!", rufe ich mit meinen Gedanken, „Beate!", aber sie kann mich noch nicht hören, steht auf dem Gang und ist im Gespräch mit Dr. Mölders.

„Kommen Sie, Frau Schaf, Ihr Mann ist schon wieder wach!"
„Warum ist es hier denn so dunkel?", fragt Beate verwundert, „sieht mein Mann irgendwie schrecklich aus?"
„Nein, nein, es ist nur, falls Ihr Mann versucht, die Augen zu öffnen, würde er bei vollem Licht sehr geblendet. Wir können ja überhaupt noch nicht abschätzen, welche Funk-

tionen seines Gehirn als nächste zurückkehren. Sie können gern jetzt zu ihm gehen, aber er darf den Kopf nicht bewegen, denken Sie daran!"
Langsam, vorsichtig, fast ein wenig ängstlich und auch ungläubig geht Beate zu Bertholds Bett, der allerdings noch immer 'verkabelt' ist, aber nicht künstlich beatmet wird. Ein Tropf ist für ihn - vielleicht eine Blutverdünnung? - immer noch angeschlossen.
Auf dem glatt rasierten Schädel klebt ein großes, ein wenig mit Blut durchtränktes Pflaster; so hat Beate ihn noch nie gesehen, irgendwie erschreckend, der äußere Eindruck, den ihr geliebter Mann heute auf sie macht!
Sie haucht ihm einen Kuss auf die Stirn: „Ich möchte dich so gern umarmen, aber man hat es mir verboten, du hättest angeblich Schmerzen dadurch!"
„Ja, meine Liebste, stimmt, aber ich lebe, und der Schmerz vergeht nach ein paar Tagen!", suggeriere ich ihr.
„Aber du lebst, das ist zunächst die Hauptsache!" sagt Beate.

Nach etwa zwanzig Minuten wendet sie sich zum Gehen, lässt mich wieder in meiner Einsamkeit zurück. Aber ich habe Hoffnung, Hoffnung darauf, bald mehr zu können!
„Komm bald wieder, und die Eltern und unsere Kinder sollen auch kommen, morgen schon!"
„Morgen kommen wir alle dich besuchen, bis dann!"
Ein leichter Windhauch weht durchs Zimmer, ich spüre ihn an meiner Stirn – dann ist auch Beates Parfum verweht.

Am Eingang zum Park warten Eske und Tjark schon auf sie: „Wie geht es ihm, hat die OP geholfen?"
„Das ist leider noch nicht erkennbar, aber morgen sollen wir ihn alle besuchen, hat er gesagt!"
„Hat er gesagt! Ich denke, er kann nicht reden?" Tjark ist verwundert, „kannst du seine Gedanken lesen?"

„Nein, aber ich spüre, und nicht nur ich, fragt die Kinder, wir spüren, wenn und was er uns sagen will; er kann uns seine Gedanken übermitteln!"

„Spökenkieker-Kroams, dat geit nich!" Tjark ist nicht davon zu überzeugen, „nee, nee, dat geit nich!"

„Tjark, sag nichts, was du nicht genau weißt, wenn Beate das sagt, solltest du ihr glauben, sie spinnt hier nicht herum, schon gar nicht bei einem so ernsten Thema!" Eske ist richtig ärgerlich über ihren Mann.

„Ich bin ja schon still!"

„Bitte streitet euch nicht," Beate schlichtet den kleinen Streit ihrer Eltern, „kommt, wir wollen nach Haus fahren, die Kinder werden auch schon auf Neuigkeiten warten!"

Das Unwetter der letzten Nacht hat eine Straßenbrücke beschädigt, die sie normalerweise auf ihrem Weg benutzen würden, so dass sie einen Umweg fahren müssen - erst am späten Nachmittag wieder zu Hause sind.

Die 'Spökenkiekerei' von Beate lässt Opa Tjark keine Ruhe. Als die Familie vor dem Abendessen – die Kinder sind schon früh von ihren Freunden gekommen – auf der Terrasse zusammensitzt, spricht er Beate noch einmal auf das Thema an : „Entschuldige, min Döchting, dass ich vorhin so eigenartig reagiert habe, aber ich kann einfach nicht glauben, dass sich dein Mann durch Gedanken mit euch verständigt! Kinder, Mama hat gesagt, ihr hättet das auch schon erlebt, stimmt das?"

„Opa, du kannst es Mama glauben, Papa hat auch schon zu uns gesprochen!", erklärt Johanna und erzählt die ganze Geschichte.

„Das verstehe ich nicht, wenn bei uns an Bord jemand solche Stories erzählt hätte, den hätten wir ausgelacht, hätten wir gesagt 'dat sünt Döntjes', aber es scheint ja zu stimmen!"

„Opa, es stimmt", erklärt Malte im Brustton der Überzeu-

gung, „es stimmt bestimmt!"
Opa Tjark holt sich ein Bier aus dem Kühlschrank: „Da muss ich erst nochmal drüber nachdenken!", und setzt sich an den Küchentisch.
Auf der Terrasse sagt Beate gerade „Morgen fahren wir alle in die Klinik", die Kinder strahlen sie an: „Und bald ist alles wieder gut – aber wir müssen Geduld mit Papa haben, die Heilung geht nicht so schnell!"

Ein für die Familie erfreulicher Tag geht zu Ende, und nach langer Zeit können sie alle mit positiven Gedanken einschlafen.
Ulli kommt in Beates Träumen zurzeit nicht mehr vor, das Thema scheint erledigt!

Kapitel 47

Der Schmerz in meinem Kopf hat deutlich nachgelassen, und ich versuche, nicht nur den Kopf, sondern auch meine Arme und Beine zu bewegen. Wenn ich mich sehr darauf konzentriere, gelingen mir schon einige Zentimeter sowohl zu den Seiten als auch auf und ab – jede kleine Regung wird von einer der Schwestern sorgfältig registriert, ich werde auf Anweisung von Dr. Al-Wazir anscheinend permanent überwacht.
Inzwischen sind die mir liebsten Schwestern Caroline und Daniela kaum noch für mich zuständig, schade eigentlich, ich mag beide sehr, und dabei habe ich sie doch noch nie gesehen ...

Gestern am Nachmittag war die ganze Familie an meinem Krankenbett, es war eine schöne, wenn für mich auch sehr anstrengende Zeit. Als sie gegangen waren, bin ich sofort in einen tiefen Schlaf gefallen; vorher habe ich ihnen jedoch noch mitgeteilt, dass ich am nächsten Tag ausruhen möchte und sie sich auch ein wenig Entspannung gönnen sollten, schließlich sei ich ja bestens versorgt!

Heute will ich mich ganz auf meine neu gewonnenen Fähigkeiten konzentrieren – was mit Armen und Beinen möglich ist, muss doch eigentlich auch mit den Augenlidern und der Stimme gelingen.
'Mit der Stimme gelingen': Das ist mein Plan, das würde mich ein ganzes Stück weiterbringen.
Konzentration, Berthold!
„Ahhh!" Ein heiseres Krächzen wie von einem Raben oder

einer Krähe dringt an mein Ohr. Noch einmal: „Ahhh!" - tatsächlich: Ich konnte einen Laut von mir geben!
Sofort ist die Schwester bei mir: „Machen Sie das bitte noch einmal!"
Und ich mache es noch einmal: „Ahhh!"
„Wunderbar, das muss ich sofort Dr. Al-Wazir sagen!", sagt sie und verschwindet von meinem Bett – ich höre das Rollen der Schiebetür.
Es vergeht weniger als eine Minute, als sie mit Dr. Al-Wazir mein Zimmer betritt: „Sie haben einen Laut artikulieren können, sagt die Schwester, können Sie das noch einmal für mich tun?"
„Eeee!" Wer 'A' sagt, kann auch 'E' sagen, freue ich mich ganz tief in meinem Innersten.
„Ich bin begeistert, das Leben kehrt zu Ihnen zurück, lieber Herr Schaf, darüber sind wir alle sehr froh! Der Professor aus den USA hat anscheinend sehr gute Arbeit geleistet!"
Da kann ich ihm nur zustimmen und sage „Ahhh!"
„Schwester, ich denke, aber dazu will ich auch Dr. Mölders befragen, dass wir dieses ITS-Bett für einen anderen Patienten nutzen sollten, Herr Schaf kann verlegt werden auf Normalstation."
Er geht, und er hinterlässt einen froh gestimmten Patienten!

Nach der 'Mittags-Fütterung' (ich würde ja auch gern einmal den Geschmack von dem Zeugs testen!) über meine Magensonde, die ja immer noch erforderlich ist, werde ich tatsächlich verlegt. Ich bekomme zwar ein Einzelzimmer wegen meiner neurologischen Spezialsituation, aber immerhin - es geht voran …

Bis zum nächsten Besuch meiner Lieben werde ich noch, davon bin ich überzeugt, große Fortschritte machen, sie werden staunen, wenn ich sie mit 'Hallo' begrüße, wie immer sich das anhören mag!

Arme und Beine vorsichtig bewegen (der Kopf schmerzt natürlich noch immer bei jeder Bewegung), irgendwelche Krächzlaute von mir geben, alles dies ist sehr erfreulich – aber die Finsternis ist noch immer in mir, nach wie vor kann ich nicht sehen!

Nach der Mittagsruhe werde ich mich auf meine Augen konzentrieren, aber jetzt ist zunächst Pause angesagt.

Man richtet mich in meinem neuen Zimmer wieder passabel her: Waschen, leichte Massage vom Smartieboy (Vorsicht, mein Kopf!), auffüllen meines Magens auf direktem Wege (oh, wie freue ich mich auf ein Schnitzel mit Pommes!), aus der Lautsprecheranlage kommt leise Musik - man könnte meinen, ich sei im Wellnessurlaub!

Meine Lieben wollen heute Nachmittag kommen, die werden sich über mein Gekrächze sehr, sehr verwundern und freuen, denke ich.

Kapitel 48

Mittwoch, 7. Juni
Klinikum, Zimmer 1203
ca. 15:30 Uhr

Einige Tage sind inzwischen vergangen, die zwar langweilig sind, aber es gibt schöne Fortschritte. Mein Reden klappt schon wieder sehr gut, ich kann in klarer hochdeutscher Sprache sagen, was ich will und was ich nicht will.

Die Magensonde hat man inzwischen entfernt, denn ich kann wieder kauen und schlucken und trinken, wenn auch mit fremder Hilfe. Da ich nichts sehe, werde ich von den reizenden Schwestern gefüttert, welch ein Genuss, endlich wieder etwas Handfestes zwischen den Zähnen zu spüren – Kartoffeln, Fleisch, Gemüse …
Mein Seelenleben nimmt diese Entwicklung begeistert auf, manchmal bin ich schon fast euphorisch – wenn nur die Sache mit dem Sehen in Ordnung käme.
„Schwester," ich höre jemanden im Zimmer, „Schwester, ist das Licht eingeschaltet?"
„Natürlich, Herr Schaf, sonst könnte ich hier ja nicht arbeiten!"
„Werde ich immer noch beobachtet?"
„So würde ich es nicht bezeichnen. Wir dokumentieren nur Ihre Genesungsfortschritte, falls es später einmal einem anderen Patienten so ergeht wie Ihnen"; dass sie die Notizen regelmäßig auch an Dr. Bremer in Paolo Alto weiterleitet, sagt sie natürlich nicht!

Ich will endlich wieder sehen!
„Schwester, ist es sehr hell im Raum?"
„Ja," kommt die kurze Antwort, „sehr hell!"
„Können Sie es etwas herunterdimmen?"

„Wenn es Ihnen hilft, gern!"

Sie geht zum Lichtschalter, ich höre es an ihren Schritten.
Ich versuche, meine Augenlider zu öffnen, die mir diesen
Dienst bisher verweigert haben.
Hurra, es scheint zu funktionieren, ich sehe tatsächlich ei-
nen leichten Lichtschein!
„Schwester! Ich sehe Licht!"
„Ehrlich? Das ist ja wunderbar!"
Sie tritt an mein Bett, reibt meine Lider leicht mit einer
Creme ein, träufelt ein paar Tropfen in die Augen: „Versu-
chen Sie es noch einmal, ob es noch besser geht?"

Ich versuche, und tatsächlich kann ich die Augen etwas
weiter öffnen, aber die Helligkeit ist mir doch zu groß, und
ich mache sie wieder zu.
„Für heute sollten Sie es genug sein lassen, Herr Schaf!
Nicht überanstrengen, nichts über's Knie brechen! Ich
werde den Erfolg jetzt dokumentieren, Dr. Mölders und Dr.
Al-Wazir werden sich freuen!"

Ich habe es geschafft.
Der schwarze Kokon ist Vergangenheit, das Leben bekommt mich zurück!
Nur noch wenige Tage in der Klinik mit ganz viel Seh- und
auch Muskel-Training, und dann darf ich zu meiner Familie.

Es ist geschafft, der Schmetterling ist aus seinem Kokon
geschlüpft!

Kapitel 49
Freitag, 16. Juni
Klinikum, Eingangshalle
ca. 11:30 Uhr

Meine Lieben erwarten mich schon in der Halle: Beate, Johanna und Malte, die mich alle gemeinsam umarmen, küssen, festhalten wollen, Eske und Tjark, der alte See-bär, der mit seinen Pranken anscheinend meine Rippen zerquetschen will, und aus meiner Firma ist mein guter Freund Ronald Korthals gekommen, der mir die herzlichs-ten Glückwünsche zu meinem neuen Leben aus der Firma überbringt.

Ich bin so froh und glücklich, dass ich es mit Worten nicht ausdrücken kann, Tränen rinnen über mein Gesicht, aber nicht vor Schmerz, sondern vor Freude …

Gemeinsam gehen wir hinüber zum Parkplatz, aber ich spüre, dass meine Muskeln doch noch einiges an Training benötigen – ein kleines Fitness-Studio in Werterfehn wird mir dabei helfen, und man will mich ja auch noch in die Reha schicken, nach Bad Zwischenahn.

„Jetzt wird alles gut!", Malte ist unser großer Optimist, aber wir stimmen ihm nur zu gern zu - „Ja, Malte, alles wird wieder gut!"

Kapitel 50

Samstag, 1. Juli
Im Garten
Früher Nachmittag

Alle sind gekommen, um Bertholds 'Wiedergeburt' zu feiern!

Oma Hanne und Opa Konrad aus Delmenhorst, Oma Eske und Opa Tjark aus Marienhafe, Professor Ulrich Perley, die Freunde aus der unmittelbaren Nachbarschaft, Carolin und Daniela, die Krankenschwestern, Dr. Mölders, Ronald Korthals, ein guter Kollege von Berthold. Und natürlich Johanna, Malte und Beate.

Es ist eine sehr fröhliche Runde, die sich zunächst zu Kaffee und Kuchen versammelt hat; zum Abend hin soll auch noch gegrillt werden.

Berthold ergreift das Wort:

„Ihr Lieben, da bin ich wieder!

Eine lange Zeit der Finsternis liegt hinter mir, eigentlich ja sogar hinter uns allen. Meine ganze Familie einschließlich der Eltern und Schwiegereltern hat mir, zusätzlich zur tollen Arbeit der Ärzte und Schwestern, geholfen, jetzt wieder ins Leben zurückzukehren. Sicher, ich werde noch einige, wenige Wochen der Erholung benötigen, meine Muskeln müssen nach der langen Zeit im Bett wieder richtig aufgebaut werden, und viele Dinge, die mit meinem Unfall zusammenhängen, müssen noch abschließend geklärt oder erledigt werden …

Aber ich bin wieder bei euch, und ich danke allen, die mich in meiner bisher schwersten Zeit unterstützt haben.

Auf eine Sache muss ich noch unbedingt zu sprechen kommen, bevor ihr über das Kuchenbuffet herfallt.

Viele von euch, ja, eigentlich alle habe ich mit meinen tele-

pathischen Fähigkeiten irritiert, von den reizenden Schwestern, die mich betreut haben, bis hin zu meinen Kindern. Ich versichere heute: Dieses Hobby werde ich nicht weiter pflegen!
Und nun wünsche ich euch allen viel Vergnügen und guten Appetit!"
Eine wunderbare Kuchen-Party mit den besten Kuchen und Torten, die jemals von den Müttern gebacken wurden, nimmt ihren Lauf, und die Stimmung, auch begünstigt durch das wunderbare Frühsommer-Wetter, ist wirklich hervorragend.

Ein Gast jedoch ist recht schweigsam, hält sich von dem fröhlichen Plaudern fern: Professor Ulrich Perley!
„Mein Freund, wenn die Kuchenschlacht vorbei ist, würde ich dich gern kurz unter vier Augen sprechen!"
„Gern, Ulli, ich stehe dann zur Verfügung!" entgegnet Berthold, nichts ahnend, was Ulli mit ihm besprechen will — oder geht es ihm um Beate?

Mehrere Gruppen fröhlich plaudernder Menschen stehen an den Tischen, die Konrad und Tjark aufgebaut haben, und die ersten Gläschen Prosecco und manche Flasche Bier werden getrunken.
Ulli nimmt Berthold zur Seite: „Ich möchte dir nicht diesen wunderbaren Abend verderben, aber ich muss einfach etwas loswerden, bevor ich wieer nach Hannover fahre, etwas, das mich seit deiner großen Operation bedrückt!"
Berthold sieht ihn erstaunt an, und Ulli fährt fort: „Du weißt um das Projekt von Dr. Bremer, der dir eine Sonde einsetzen wollte, ihr habt das abgelehnt, was ich verstehe. Im Nachhinein habe ich jedoch etwas erfahren, was viel gravierender ist als diese Sonde.

Bremer hat Professor O'Sullivan dazu motiviert, Prototypen eines Nano-Receivers und eines ebenso kleinen Nano-Transponders in deinem Gehirn zu positionieren! Mit diesen praktisch nicht nachweisbaren und somit auch nicht wieder zu entfernenden Dingern kann er dich - vorausgesetzt, er findet jemanden in deiner unmittelbaren Umgebung, der sie aktiviert – jederzeit manipulieren, andererseits ermöglichen diese Dinger dir, dein Telepathie-Potential gewaltig zu erweitern!"

Berthold muss sich nach diesen Informationen erst einmal setzen, es wirft ihn regelrecht um.
„Das ist ja unvorstellbar, was haben die mit mir gemacht, Ulli? Bin ich jetzt Versuchsobjekt für die Amerikaner? Und: Kann man das auch wieder abschalten, wenn es erst einmal aktiviert wurde?"
„Ich kann dir dazu überhaupt nichts sagen, ich weiß nicht einmal, wie die Aktivierung erfolgt, vielleicht durch Funksignale oder mit dem Smartphone – ich habe davon keine Ahnung, mein Freund!"

„Freund – du bist mir vielleicht ein Freund! Konntest du diese Sauerei in meinem Gehirn nicht verhindern? Was ist dieser Bremer denn für dich? Ein Geschäftspartner? Ein mieser Betrüger, der uns beide gelinkt hat? Ein skrupelloser Egoist, dem es nur um seinen persönlichen Ruhm geht?"
Er wird von Panik erfasst, packt Ulli an den Schultern und schüttelt ihn: "Sag es mir! Sag mir die Wahrheit, die ganze Wahrheit, Ulli!"

„Ich habe dir alles gesagt, was ich weiß, Berthold! Das Einzige, was ich noch für dich tun kann ist, dir für den Fall der Fälle die Adresse und die Telefonnummer zu geben; von Professor O'Sullivan habe ich sie leider nicht."

Berthold sinkt in seinem Terrassenstuhl zusammen.
„Ich bin fertig! Was mag da auf mich zukommen?!"
„Warte doch erst einmal ab, Berthold, vielleicht passiert ja auch nichts, und die Dinger funktionieren überhaupt nicht – bedenke, es sind Prototypen, noch nie in einem Menschen getestet! Aber durch deine telepathischen Fähigkeiten bist du für die Erprobung natürlich geradezu prädestiniert …

An deiner Stelle würde ich mir zunächst keine Sorgen machen, aber eines möchte ich dir ans Herz legen: Kein Wort, zu niemandem, niemals!"
„Du hast Recht, Ulli! Ich will mich erst einmal nicht verrückt machen, dazu ist später noch Zeit!"

Ulli schreibt noch Bremers Kontaktdaten auf einen Zettel, dann gehen die beiden Freunde wieder zurück zur Party. Der große Grill wurde bereits angeheizt, die ersten Fleischstücke und Bratwürste nehmen schon Farbe an: Der gemütliche Teil des Abends beginnt - aber Berthold ist sehr in sich gekehrt und mag nicht so richtig mitfeiern, obwohl es doch sein Fest ist …

Kapitel 51

Brief von Berthold Schaf an seinen Autor

Mein lieber Autor!

Viele Tage und Wochen lang bist Du an meiner Seite gewesen, hast Dich mit meiner Familie beschäftigt, uns begleitet. Du hast in mich hineingesehen, meine geheimsten Gedanken verewigt. Und Du hast meine Einsamkeit und meine Verzweiflung mitempfunden, so, als sei es deine eigene, nicht zu vergessen meine besonderen Fähigkeiten.

Für alles dies möchte ich Dir danken, vor allem aber, dass Du mich am Leben gelassen hast, obwohl Du ja alle Möglichkeiten gehabt hättest, mich sterben zu lassen.

Was aus den Bremer'schen Implantaten wird, wissen wir beide noch nicht, lassen wir uns überraschen!

Wie mein Leben nach der Veröffentlichung dieses Buches weitergehen wird, weiß ich leider auch nicht, vielleicht hast Du dazu ja schon eine Idee - ich bin auf jeden Fall dabei, und meine tolle Familie ebenfalls.

Und nun lebe wohl, es grüßt Dich Dein

Berthold Schaf

Karl-Heinz Knacksterdt hat erst nach dem Eintritt in das
Rentenalter seine Liebe zum
Schreiben romanhafter
Literatur entdeckt.

Jahrgang 1941, war er lange
Zeit ehrenamtlich in einer
Kirchengemeinde in Olden-
burg aktiv - Kirchenältester
und Lektor waren dort seine
Professionen. In seiner
beruflichen Laufbahn hat er
sich über vier Jahrzehnte mit
Problemen der Informations-
verarbeitung befasst.

Er ist seit mehr als 50 Jahren mit seiner Frau Annelie
verheiratet; zwei verheiratete Kinder und zwei Enkel
gehören zur Familie.
Die biblischen Bilderzyklen seiner Frau Annelie als
Inspirationsquellen haben ihn motiviert, sich mit großen
Frauen der Bibel auseinanderzusetzen – die Trilogie
„Große Frauen der Bibel" waren die ersten großen
Erzählungen.

Inzwischen hat er sich in seiner schriftstellerischen Arbeit
anderen Themenbereichen zugewendet, „im schwarzen
Kokon" ist das erste Werk dieser neuen Richtung.

Weitere Erzählungen von Karl-Heinz Knacksterdt

„Maria. Frau. Mutter. Heilige."

Die Lebensgeschichte der Maria von Nazaret

176 Seiten

2014 / ISBN 978-3738-60164-0 / 11,99 €

„Bathseba und David"

Eine Liebesgeschichte aus alter Zeit

244 Seiten

2015 / 978-3741-28080-1 / 11,95

„Eva und Adam"

Ihre drei wundersamen Existenzen

2017 / ISBN 978-3743-19409-0 / 11,95 €

Alle Teile der Trilogie sind als Printbuch und

als E-Book erschienen